印度放浪

［日］藤原新也——著

吴继文——译

新 星 出 版 社　NEW STAR PRESS

新经典文化股份有限公司
www.readinglife.com
出　品

Contents
目 录

十五年后的自白

　　前几天，两个年轻人从关西来找我，我们谈着谈着就聊起了印度。据他们说，最近去印度的年轻人渐渐多了起来；他们中的一个今年春天就去了一趟。我们谈了大约两个钟头，他们走后，房间里只剩下我一个人，我突然想起其中一个年轻人的发问：

　　"藤原先生为什么会去印度呢？"

　　现在日本人重新关注起亚洲，许多人写了关于印度、西藏的书，但您早在我们五岁左右的时候就去了印度，这是为什么呢？他非常好奇地问。

　　我在意的并不是问题本身，而是刚刚坐在我面前的是两个成年的年轻人。在他们对世界还懵懵懂懂的幼年，跟如今的他们同龄的我，已经在印度次大陆到处晃荡了。这让我多少有些震惊。我今年三月就满四十岁了，不知道幸或不幸，有好几个月都没遇到过让我感觉自己已经四十岁的事情了。我身体健康，本来也不是老气横秋那种人，甚至有种自己还是三十多岁的错觉。这突然到访的年轻人的问话，让我清楚地意识到，自己确确实实已经步入壮年。

我一面回想此事，一面想到青年期的拙作《印度放浪》如今要结集成书。于是打算无论怎样都要先向读者做个说明：这本书成书于很久以前，是我青年期的稚嫩初作。

"您为什么会去印度呢？"

坦白说，这是一个过去十几年不断向我抛掷过来的庸常提问，多到让我腻烦。假想每天都有人对同一个人提出几乎同样的质问，年复一年地强迫对方回答。这个人不是像鹦鹉一样给出无新意的答复，懒得再多思考；就是编纂各式各样的答案用以自保，到最后恐怕只有精神分裂一途。这是活生生的言辞拷问。过去十几年来，逃无可逃的言辞拷问一直没有断过。

在我二十多岁时，一遇到这种提问，立刻毫无来由产生抗拒；记得这种状况持续了好一段时间。或者应该说，我甚至对这种提问充满反感。之所以反感，大概是不想看到极为复杂的人类行为为了满足单一肤浅的提问而被切割得支离破碎。还有因无法冷静、客观地检视自己而对自身的浮躁不耐。

但过了二十几岁，到三十五六时再面对这个问题，我的反应稍稍有了变化。而且不知从什么时候开始，反感好像也早已消失了。

"既然要问这个问题，就找一个能让你满足的理由作答吧。"我多少改变了态度，像在享受这种对话游戏一般，随口说些当时能想到的、足够成为理由的东西。对方因为我给出一个理由而满意，我也因自己对过去和眼前人采取的某种不太负责的态度，尝到了一种"任性"的快感。多年来，我不时需要回答媒体们如廉价机器人一般、甚至无法完整复述的千篇一律的问题；在不同年龄给出的回答也不相同，从中可以看出我的变化。

前几天，那两位年轻人来访时再次丢出这个问题。而我不知为何竟一时语塞。我是想说些什么的，有那么一瞬间却卡壳了。

有些东西不一样了。我那时的回答既不是二十多岁的，也不是三十多岁的。总之是有一些微妙的变化。

关于这种突然的变化，后来我也试图找过答案，其中之一可能就是上面所说。眼前的年轻人还是对世界懵懵懂懂的五岁幼童时，青年的我却走上一条和绝大多数人不一样的路。

他们睁着孩童求索般的眼睛发问时，我就像二十多岁的自己一样，没有反抗、拒绝的余地。并且无法像三十岁以后那样回避闪躲，不认真对待他们孩子气的质朴疑问。这全因此刻的我和两个年轻人之间的年龄差距实在太大了些。我又老了不少。

在他们面前，我不禁陷入沉思，无法给出一个自信满满的答复。我沉默着避开他们的目光，注视他们背后的白墙。墙面投影出两个年轻人淡淡的轮廓。

真是年轻啊……这影子。连影子也辨得出年纪来了。

和眼前这两位年轻人年纪相当的时候，我到底为了什么而去印度呢……

想了又想，我却还是让一些无关的话脱口而出。

影子动了。一瞬间我看到他们的侧脸，两个年轻人似乎将头转到自己影子那边。

瞧见影子移动的时候，一种情感突然向我袭来。思考顿时极为澄澈，朝过去急速地回溯。昔日年轻的我仿佛穿透了他们的影子，浮现在眼前。

那个曾经年轻的我，一副大病初愈的样子。

身形癯瘦，头发很长，胡须有如乱草，突出的颧骨因为强烈日晒而泛着油。尽管看起来非常虚弱，但被太阳晒得焦黑的肩膀显示出年轻人与这个灼热的国度对抗了多少时日，以及旅途的种种可能样态。

这个年轻人似乎是败给了什么。

他很可能是败给了太阳，也败给了大地。

他败给了人，还有热。他败给了牛，败给了羊，败给了狗和虫。

败给了脏东西，败给了花。败给了面包，败给了水。败给了乞丐，女人，还有神。败给了恶臭，声音，以及时间。

他败给了包围在他周遭的一切。

倦怠已极的他看起来两眼无神，仅存一丝恍恍惚惚的微弱意志，凝视着太阳直射下令人晕眩的白热地面。

大约这就是……我二十五岁时的模样。

那个夏天，我花了很长时间穿越塔尔沙漠抵达一座城镇，喝过水剧烈地拉起肚子，昏睡了整整三天；之后一天的中午，在公车站牌旁边的石头上昏沉地坐着，等待前往下一站……

没错，那就是年轻时候的我。

我突然回过神来，低声嗫嚅。

……不知道为了什么，

我就是不顾一切、胡搞乱搞，

只为了失败而去的不是吗?

……至少最开始是这样。

咦，为了失败……是这样吗?

眼前的年轻人掩不住惊讶地问道。

他闭着嘴，喘了口气，然后从鼻子发出小小的笑声。

奇怪吗?

嗯，总觉得有点。

他们脸上的变化我都看在眼里。本来有点黯淡的表情突然一扫而光，瞬间转为轻快。

或许这表示他们以为成功地让我说出了真心话。

也很可能是他们对这件事想了很久，觉得我的答复未免太简单了些。

就像犯下复杂罪行的高智商罪犯，在冗长的诘问之后终于对罪行供认不讳，然而他陈述的犯罪动机却幼稚得不可思议；令原本心情沉重的问案刑警一下子沉入一种诡异的愉快气氛一样。

"拷问到最后……

老兄您也不过是个普通人罢了！"

普通的刑警脸上浮现出安静和沉稳，喝下一口浓茶，润了润干燥的喉咙，多半会冒出这样的话。

高智商罪犯听到普通刑警的话，不由得感叹这为期十五年之久的漫长拷问，竟然以在比自己小那么多的年轻人面前不慎吐露真言结束。现在的我就如同那名罪犯，带着几分迟疑回望过去的自己。

我的"犯罪动机"真的那么单纯吗？

啊，来不及反悔了。

……都已经坦白交代了呀。

一九八四年十月十二日　藤原新也

いんどほうろう

▲

我在路上。遇到的人有的顽劣得令人感到悲哀，有的形容枯槁、颜色惨凄；有的滑稽，有的洒脱；有的极为绚丽灿烂，有的高贵至极，有的粗暴鲁莽。这样的世界也不错。

▲

而同时，我也看见其他美好的事物：我看见以巨大榕树为家的无数生灵，还有它后方涌升的巨大雨云；我看见亢奋的大象抵抗人类，还有制伏大象后斗志昂扬的少年；我看见将象与少年重重围绕的高耸森林。这世界，如此美好。大地与风，充满了野性……花与蝴蝶，这般迷人。

▲

旅行是一部无字的圣典，自然就是道德本身。沉默俘虏了我，是的，从沉默发出的话语俘虏了我。不拘善、恶，一切都是美好的。我凝视这一切，并让它们原原本本地映照在自己身上。

▲

每一次踏上旅途，我总是更清楚地看见自己，以及多年来自己所熟习的世界之
虚伪。

Chapter 1

第 一 章

回到昨日之旅

除夕夜十一点钟，街巷的人们差不多都已入睡。比预定时间晚了许多，一辆巨大的蒸汽火车头牵引着二十几节车厢终于缓缓启动，从孟买朝德干高原茫漠的黑夜驶去。两旁的景物在车厢三十瓦左右的昏黄灯光下若隐若现。和窗外的漆黑相反，即使飞驰了一个钟头，车厢中依旧一片嘈杂，不久前孟买车站发生的推挤大战还余音未散。

孟买车站是我旅途中经过的无数车站里面最为混乱杂沓的一座。候车人群挤满站台，每个人至少都带着一只等身大、以厚铅板打造的行李箱；有的甚至带了三四个。不只如此，大家一定还配备一床厚棉被。如果没有心理准备，看到这样的景象，你大概会以为是一场深夜的集体逃亡。

一路到马德拉斯①需时整整两天，为了抢到一个好位置，车门附近简直就是地狱再现：互相拉扯、叫骂、恃强凌弱。被挤开的人一阵脚步踉跄，但还是毫不迟疑地紧紧抓住前面即将上车那个人的棉被。一个少年试图趁车门旁两个人纠缠不休从他们脚下钻进去，另一个看起来颇有教养的绅士立刻用脚挡住少年的去路——接着就是打算让少年当开路先锋的父母对着绅士怒吼，很快演变成一场高声对骂。

到孟买的乘客还有好几个尚未下车，但急着上车的人根本不管他们，只顾往上挤，于是所有人都上下不得、进退两难。这不幸的争斗场面波及车厢，透过加了铁栏杆的车窗往里看，一些幸运挤上车的家伙已经用行李占满身边的所有空位，好整以暇地欣赏身外的乱局。车窗外头，有人把自己吊挂在车皮上，用尽办法拜托里面的人帮忙占个位置。

站台上有好几户连婴儿在内十二三口人的人家，在人海中抱成一团，近乎绝望地车前车后来回奔走。

讨生活的小贩又是另外一副光景，他们以一种奇怪的腔调大声叫卖着接近软烂的橘子、炸到焦黑的花椰菜和其他种种吃食。车站里的搬运夫每个都瘦骨伶仃，却能把客人的好几件行李一起顶在头上，两手还提了不少东西；行李从头上掉下来无异于给他们的职业素养抹黑，于是他们嘴里不停喊着"让开——让开——"警告每一个挡路的乘客。

---

① 今名金奈。

搬运工们头顶行李在站台汹涌的人海里左右冲撞，就像锈蚀严重却依然可以作战的军舰，冲锋陷阵、载沉载浮。

准备上战场的人多少都会想象一下等在未来的是怎样一副光景，来到这个站台的人大概也有必要好好想一想列车将要带他前往何方，那里是不是有能与眼前的战斗相匹配的激烈的幸福。

我此行是去南部城市周边体验一下迈索尔猎象活动，其实不是非去不可，但见识到站台上这一幕，我突然跃跃欲试，不想从沙场上抽身而退。

买好车票后，看到场面如此混乱，我立刻开始搜寻目标。这个人首先要年轻，其次要孔武有力……且必须身手矫健，对人潮的动向有准确地判断，还有一颗无畏的心……也就是需要经验和勇气。最重要的，是要对自己的工作充满荣誉感。

最后，我相中了一个合乎这些条件的年轻搬运夫，掏出五卢比向他示意，请他在火车进站时第一个冲上车厢抢位子。他年约二十七八，是相对矮小、肤色黝黑的南部人。第一眼看来似乎手无缚鸡之力，然而浓浓的一字眉上亮闪闪的宽广额头让我直觉他品质优秀、充满自信。我决定碰碰运气。

"你一定要帮我弄到一个座位。一个座位五卢比（一卢比约四十七日元），如果抢到上铺给你八卢比，什么都抢不到的话就两卢比哦。"

年轻人什么都没说，只确认一下我的车票是二等车厢，二话不说将我的背包顶在头上，左手提着其他行李，快步朝站台最前面走去。

我告诉他不用帮我提行李，但他坚决不放手，没让我拿任何东西。

巨大的火车头伴随着压倒一切的车轮碾过铁轨的声音和蒸汽机的喘息，飞一般轰鸣着进站，宣告战斗即将打响。人群嗡嗡地骚动起来。一片混乱中，我尽管将目光专注在年轻人的一举一动上。他几乎不要命地贴近行进中的列车。三四节车厢轰轰地从他前面驶过后，他突然喊了一声什么，又冲我瞄了一眼，指了指正经过他身边那节车厢，毫不迟疑，拔腿就往前冲。

我看到车皮上印着一个"2"字。没错，这就是我们的攻击目标！我绕到站台上乘客较少那一侧，拼命向前跑。我的大背包仿佛钉在他头上一样，出奇地稳当。身体矮小的他隐没于众人当中，只有背包像妖怪般飘浮在人群上头，蹭蹭往前窜。那节二等车厢的后门就要通过我背包的刹那，他黝黑的右手突然伸向门口的把手，一个念头闪过我的脑海："危险！"

然而他身手之矫健委实令人惊叹，他还十分果决。我于是目睹了一个人谋生的手段。这个达罗毗荼人的末裔将竞争者及其他人撇在身后，他的灵魂已经稳稳地站上车门，肉身正昂然越过众人，宛如跃上黑色脱缰野马的骑士，从容地指挥他的坐骑朝前飞奔。漆黑巨大的列车终于在发出刺耳的刹车声后慢慢停了下来，我甚至觉得这也是他巧妙操控的结果。我压抑着不断上涌的温热激情，跟随在这位贫穷的年轻骑士后面，拨开杂沓人流奋勇向前，高声叫着"八卢比——八卢比——"。

第二天早上九点后，我在昨晚乱战的胜利者最高宝座——木床的上铺醒来，决定和下铺靠窗的人交换位置，看看窗外的风景，直到在转乘站贡塔卡尔下车，前往迈索尔。

不过，才过去一个钟头，我就知道这是个错误的决定。窗外一成不变的风景很快就令人感到索然无味。我很后悔将胜利者的宝座让渡给别人，但那位幸运儿正发出响亮的鼾声。没办法，我只有勉强半撑着双眼，机械地浏览诸神的创造物中最缺乏想象力、最无趣又单调已极的那片风景。

不知道在半睡半醒中过了多久，等我再度睁开眼睛，太阳已经开始偏西；时序虽然进入冬季，阳光依然猛烈地照在人们挂着斗大汗珠的额头上。单调的风景还是没完没了。我脱下上衣擦汗，然后突然想起了什么，赶忙确认一下自己的行李。幸好还在。松了口气，我重新在座位上坐好。列车继续朝前奔驰，车厢摇晃，脚下控控、控控响个不停。坐在对面的男子留着漂亮的英式翘胡子，不过鼻子右下方有个不知道是天花还是伤口留下的痕迹，直径约一厘米，单单那里没长胡须。这张脸我一开始看得津津有味……很快我觉得无聊起来。断断续续的瞌睡都变得无趣。肚子不饿，也没食欲。唉，简直不知道怎么办才好……只得两手抓着窗栏杆，把下巴抵在手腕上，继续……看风景。

不值一提、毫无特色的地平线，像公共浴室墙上随便涂抹的、油漆般散落在蔚蓝天空的云朵……贫瘠的红土上一些不会开花的草。要说除此以外还有什么，就是椰子树了。刚从北部南下时，看到两三棵椰子树还觉得颇为赏心悦目，但看了一百棵、两百棵之后，就审美疲劳了。

这么单调的风景还要持续几十个钟头，想到这里，我觉得自己迟早会疯掉……

说归说，我还是定定地凝视窗外的风景……不知道过了多久，一个早已褪色的、变得冷硬的记忆，竟开始一点一滴地渗透我的身体，并逐渐由冷转暖，接近体温。我甚至还闻到一阵熟悉的气味。

只能说这是一个不可解的神秘现象。

……永劫回归，重复再现。

两年前，我也是走同一条路线，经过一样的地方。所有的感知，一切的一切……就连极其微小的细节都和两年前一模一样。我好像正极其缓慢地和两年前的自己逐渐叠合。

眼前的风景正将我拥有过的时间、我值得称赞的进步逐一破坏。

我知道我必须拒绝……绝对不可以变回两年前的自己。我一定要抵抗这份屈辱。可是，这班列车到底要开往什么地方……难道它要开往我的过去吗？

四下里杀气腾腾，却也有点好笑，像是一种嘲弄。对仍然满怀希望的我而言，过去不啻是地狱。可列车又似乎正朝一个能给我数万年平静安稳的奇妙之地轰轰前进。（最后顺便提一句：印地语"kal"这个词，既有"明天"的意思又有"昨天"的意思。）

别了，克什米尔

坦白说，这次旅行我根本没有做过多少准备。要说出发前做了什么，就是申请了护照，并听从朋友"拍点儿照片可以赚点旅费"的忠告学会用照相机。再就是特地准备的地图、水壶、初中时用的背包、人字拖、黄色泳裤、雨伞、几种药品。大概就这些，而且是出发前四天才开始准备的。

至于出发前对印度的认识，称得上准确的只有一卢比兑换四十七日元，还有一卢比等于一百派萨。再就是念小学时有个朋友头壳特别硬，大家"印度阿三、印度阿三"地叫他，我心里就慢慢形成了"印度人头骨特别硬"的刻板印象。这根本不算什么知识，只不过是幼稚、无厘头、自以为是的想象罢了。

我心中的印度，大概就是这些可有可无的印象集合而成的。但是让我决定前往印度旅行的理由，既不是来自教科书，也不是什么旅游报道，而是这些从小到大积累的奇奇怪怪的印象。它们毫无根据，却有一种奇特的魅力。

总之，我刚刚步出新德里机场的时候，根本没有所谓的旅行计划。在新德里待了五天，觉得差不多该往下一站移动了，便在第六天下午于旧德里红堡空旷的地上摊开地图，考虑接下来的行程。不到十分钟，身边就围了一大堆看热闹的人。

我背包里正好塞了许多结伴在西亚旅行的朋友分别时送的小纪念品，这些小玩意儿和看热闹的人群意外凑在一起。机不可失，我立马改变计划，叫卖起小纪念品来。我把轻便雨衣、固态燃料、剪刀、尼龙马球衫等等一一摆好，很多东西我都不知道怎么说，于是用手指着一件物品叫道："东京、日本、十卢比！""东京、日本、五卢比！"价格前面一定加上"东京、日本"。

没想到这个"东京、日本"产生了两个结果。一个是东西很快就卖光，一个是要价太高就没人要。

还有一件怪事，是在我拿出一卷不打算卖的逆时针漩涡状蚊香的时候发生的。围观人群不知道为什么开始对蚊香表示好奇，不过长成这种形状的东西总是会教人多看两眼。

他们每个人嘴里都发出"Kya——""Kya——"的声音。如果是在表示惊讶，大家的表情又未免过分淡定了些；还有人边说边笑。我正纳闷又迷惘着，一个穿着棉布纱丽、有一张男人脸的太太抓着我的袖子，急切地对我说："Kya——"。我赶忙请教一个懂英文的男子她是什么意思，他仔细向我解释："'Kya'是印地语'那是什么'的意思。"

苦于蚊虫太多，蚊香在印度成了非常重要的配备。我告诉他们"这东西不卖"，没想到大家兴致更浓，还有人跟我商量："我用刚才买的鞋带跟你换啦！"

这样下去，本已卖出去的东西搞不好又要回笼到我手上。我有点进退两难，而眼前的人们开始议论纷纷。我的心情就像卖出奇怪东西引发顾客骚动的路边摊贩。虽然卖的不是违禁品，但我多少知道，在国外未经许可又没缴纳费用是不准卖东西的。说不定围观者中会有人去把那身材瘦长如螳螂的高傲警察叫过来。

为了尽快打破僵局，我想到一个好主意。"危险哦！"我大声叫道，把漩涡状蚊香小心取出来，双手将蚊香从两边拉开："这是非常危险的东西。"

懂英文的人向周围的人叽叽喳喳说着什么，我夸张的表情也发挥了点作用，这一招好像真的奏效了。大家的兴致突然低落下去，我连忙趁机打包行李，将赚到的四十六卢比五十派萨放到裤袋里，和两三个人握了下手，一面打发追过来看热闹的小孩，一面火速离开现场。

后来想想，真是多亏蚊香那奇特的造型。大概人们总以为看起来滑稽的东西是诡异甚至危险的吧。就说印度的眼镜蛇好了，它的样子多多少少也带点滑稽。为了达成最初的目的，我换了个地方再度摊开地图，周遭的人又迅速围拢过来。

"印度哪些地方好玩呢？"

我向一个缠着红色头巾、看起来见多识广的男子问道。他立刻指着西巴基斯坦白沙瓦一带说："到克什米尔去吧。那里有山、有雪，还有美丽的湖泊。"

他拿捏着独特的腔调，给我唱诵了一首明白易晓的诗句。我忍住爆笑的冲动，和他握手表示谢意。之后我当然就决定到克什米尔走一趟。

翌晨六点左右。有长途旅行经验的人应该都会清楚记得那种到达旅程终点的愉悦，新的旅程即将开始，带着一种混杂了兴奋的骚动。我就是在那样的骚动中醒来的。终点站帕坦科特已经不远。火车和昨天一样，还是慢吞吞地前进。晨光开始照亮三等车厢，外头也浮现出一片极美的风景。

铺展在睡眼惺忪的我眼前的，是那样纯净而素朴的美，让我心头一凛。这样一个惊奇的早晨，对长途旅行的人而言也许是不可或缺的。

火车又走了半个钟头才抵达旁遮普邦的帕坦科特，这里就是一座印度随处可见的普通车站。

车站是前往克什米尔首府斯利那加的巴士首站。除了搭乘飞机，所有去斯利那加的人都要从帕坦科特这样一个没有个性的城镇离开。或许这就是一个转运站的悲哀吧。这处带着繁荣假象却没有什么特色的地方，只为了往来斯利那加的旅人而存在。我在巷弄中找了一家由一位同样没什么特色的老板经营、一晚两卢比的便宜旅馆住下，三天之后，带着满身跳蚤搭上开往斯利那加的巴士。

"哟，老弟！"

车子抵达斯利那加，从巴士下来，立刻有一个人自车站的人潮中蹦出来对着我大叫。他亲热地搭着我的肩膀，仿佛我真的是他的兄弟。他年约四十，在克什米尔人中皮肤稍黑，长着戴高乐式的鹰钩鼻。

我不记得我有这样一位奇怪的兄弟。

"谁是你兄弟啊？"

听到我抗拒的回应，他立刻改口说："我亲爱的朋友！"然后又握着我的手。

"亲爱的"什么的听来多余，但我跟他毕竟没什么深仇大恨，也就放下戒备之心，随他称兄道弟去了。

对这个亲切的男人言听计从，终究让我倒了大霉。

他介绍我去了一家一晚十卢比，名叫"印度之王"的船屋式湖上豪华饭店，号称欧洲式或印度式房间任选，附三餐，有弹簧床和卫浴设备。这家饭店彻彻底底打破了我的美梦。

当他唱歌般用力说出"印度之王"的时候，因穷游太久有些意兴阑珊的我，突然有一种想要认他做兄弟的冲动。

事实上，所谓"饭店"不过是一艘搁浅在河上的泥船，破床一张，卫浴没有；房间里还整天杵着一个阿伯，负责打杂兼煮饭，但吃饭时间到了也没有要做饭的意思；由于语言不通，我只好用手势告诉他我饿了，他摆出一副"哦，你也需要吃饭啊"的表情，慢手慢脚爬上岸，大约三十分钟后回到船上，用小煤油炉将水煮开，丢进两三个刚买回来的马铃薯，煮熟后用一根棒子捣成泥，放在一只铝盆中，用勺子从房间一角的瓮里舀出一种茶褐色液体，淋在马铃薯泥上。

我虽然不情愿，还是硬着头皮吃了——趁阿伯不注意，赶紧拿出日本带来的美乃滋，搅拌后吃下去。

在这个船屋住了两晚，临走的时候，阿伯一副依依不舍、非常难过的样子，我想好歹也跟他在一个房间住了两天，多少有些感情，于是大方地给了他一卢比小费。

至于那个跟我称兄道弟、油嘴滑舌的男子，当初讲好条件后付的两晚二十卢比大概绝大部分都被他独吞了。

阿伯站在写着"印度之王"的小小招牌前面，既不笑，也没有挥手，只是定定看着我走远。

斯利那加。这边未免有太多不老实的生意人了。简单说是因为这里是印度唯一的避暑胜地，每年从南方来避暑的印度人基本上都是富裕阶层。此外也会夹杂一些有钱的外国人，当中也有我这种奇怪的家伙。

尽管我怎么看都不像有钱人，克什米尔的生意人照样趋之若鹜。克什米尔羊毛地毯、克什米尔羊毛披肩、宝石、皮草、木雕工艺品等等什么都有，大概他们家里的仓库囤积了太多这些商品吧。

为了逃离这群苍蝇般烦人的家伙，我只好往更北边前进。接下来要拜访的地方叫帕哈尔加姆，是一座位于斯利那加东北边的村庄，搭车大约要半天时间。即便到了那样偏远的地方，依旧有个怪模怪样的男子过来搭讪。

"如果要爬雪山，我可以帮您调集马匹、营帐，还有粮食、马夫和向导哦。"他说。

既然来到印度的北疆，往喀喇昆仑山脉近旁走走，和当地居民生活一段时间也不错。可是我既没有比较详细的地图，也没有登山装备，照理说应该放弃这个念头。不过第二天我还是和这名男子一起去见了一个自称向导的人，听过他的说明，觉得整个计划可行性很高。

于是我下定决心，雇了两头由驴子和马交配生下的骡子、一名马夫、一名向导、一名挑夫，又备齐了走一百公里路程需要的食物和装备，从帕哈尔加姆出发。

行程约一个月，总费用一千四百卢比，相当便宜，但我的印度之旅可以说成败在此一举。向导说这个行程有一点危险，我便告诉他"如果能够平安归来，会另付两百卢比小费"，终于达成协议。

接下来的失策是由一起不幸事件导致的，说出来不知道会不会让大家笑话。从帕哈尔加姆出发后第二天，帐篷中发生了一桩奇妙的事。我准备睡觉的时候，同行的其余三人一起出现，对我说："请给我们第二天的费用。"我问向导："你们有没有搞错？我不是当着你的面付给那个男人一千两百卢比的吗？"他竟回答："我什么都不知道，我们都没拿到钱。"

这三个人直率的模样看起来不像是在说谎。

"畜生！那个混蛋，居然敢骗我！"

我努力向这三个人解释发生了什么，可他们见我说得口沫横飞，却完全没有付钱的意思，便开始用一种怀疑的目光看我。我越是想要解释，气氛就越是糟糕。

"好，我会付钱，不过现在太暗了，明天早上再说吧。"

那时我的口袋里剩的钱，还不知道能不能在印度继续待两个月。如果这趟旅程半途而废，我就只能靠最后的一百美元应付在印度整整两个半月的生活。

当天晚上，我趁他们三个熟睡，把自己的行李装进背包，偷偷爬出了帐篷。月光非常明亮。一棵大树底下有三个麻袋堆，他们三个睡在麻袋下面。两头骡子站在空旷的地上，为了不让它们跑去，我们把骡子的前腿用绳子绑在一起。远处融雪的溪流轰轰作响，天气冷得手脚都失去了知觉。

我把毯子挖了洞套在身上，只露出头和手，用绳子在腰部扎紧，扛起背包。头上戴了帽子，再裹上一条浴巾，浴巾底部塞进衣领和脖子之间。

不用别人说我也知道这副德行有多滑稽，不过所谓夜奔就是这么回事。黄夜开溜还要顾及形象，是把先人遗产卖个精光、坐吃山空的英国没落贵族才会做的事；落荒而逃的日本人像我这样就可以了。

虽说是逃，我还准备去追那个骗我钱的家伙。逃跑的同时还在追人，这情境真是诡异。

其实根本不用防寒，快步走了一阵子，就开始发汗了。

不过我还是失算了，路程比我想象中得长得多，而且总感觉走的不是来时的路。大约两小时后，我已经根本不知道身在何方。

不仅如此，我还有生以来第一次体验到山势逼人的恐怖。它不只发出轰然巨响，听说还有熊、豹等猛兽出没。我从背包中取出在土耳其以二十美金买来防身的霰弹枪，装好子弹后别在腰间，心情总算稳定了些。

但我还是满心不安。于是，当我在仿佛巨大生物的山腹中发现，除了孱弱而饱受惊吓的自己还有另外一头动物存在时，我霎时涌现出一种强烈的手足之情，屏住呼吸，慢慢向它靠近。

那是一头下山途中和同伴走失的牦牛。我以为在它臀部轻轻顶一下，它绝对会往山下走，于是模仿山上原住民的做法拿起一根树枝，想对它屁股来那么一下，谁知它竟然像看到怪物一样拔腿就跑。这不够意思的反应让我心里很受伤，但也是拜这头牛所赐，不久我就看到了涂满白漆的石块，这是山上居民做的标记，表示此地离村子不远。此时我已毫不在乎能不能从那个骗子身上榨出钱来，只希望可以平安回到村子。

我不作多想，走走停停，保持不让汗水变冰冷的步速，慢慢朝山下走去。月色非常明亮，连远处的群山都历历在目。我一边看自己蓝色的影子，一边平静地走着。途中因为背包压得肩膀很痛，就陆续把一些无关紧要的塑胶拖鞋啦、锅子啦什么的丢到山谷里面去。

掉下去的锅子从谷底传来哐啷哐啷的回声。

和牦牛分开后，我又走了大约五个钟头，实在累到不行，就找了一块视野比较好的高地休息。这时，我似乎在东边两公里远的山谷中看到了什么。那里四处散布着黑色火柴盒般的东西，再凝神一看，景象更加清晰。没用多少时间，我就确定那肯定是帕哈尔加姆。

少年

少年在马德拉斯一家名叫埃弗勒斯的四层旅馆屋顶平台上工作，大概是一生偃蹇的父母为了转运，或是真心希望自己的孩子最后能过上好日子，于是为他选了一个夸张贵气的名字。然而……少年却过着与名字寓意完全相反的卑贱生活。

于是一个同情他的有心人，帮他取了一个别名："帕尔"[①]。

到如今，只要楼下那些级别比他高的服务生以威吓般的声调喊"帕尔——"，他就会放下手上的水桶，匆匆下楼。

我住在宽阔楼顶一角临时搭建的一间不算干净的屋子里，每天不经意就会看到少年在那里忙进忙出。

[①]原文或为"Pal"，是印度和孟加拉一带常见的有吉祥意味的名字，意思是保护者，尤指法的护持者。

好像被挤压过的瘦小身体，配上一张与他十四岁的年龄不相称的、眼角和额头都有皱纹的大人的脸。尖尖的嘴巴仿佛要述说什么不满，也固定成了他表情的一部分。比方说，当我把不再用的毛巾送给他时，他的表情依旧是这样。不知道穿了几年的工作服已经很破旧，下摆遍布洗不掉的污渍，和他每次清扫厕所时使用的水桶一样颜色。

他总是一个人在楼顶，也总是有做不完的事。清晨六点左右，只要听到他赤脚从我房间外面来回走过，不一会就会听到他提的水桶撞在哪里的声音。

他要将一桶又一桶的水倒进厕所上面冲水用的水槽，直到装满。做完之后，就开始清扫厕所。看他工作的样子，就知道他有多不得要领。他总是用水槽里面的水清扫楼顶，等中午左右大功告成了，又得辛苦地提着水桶爬到厕所上面，一次又一次，直到将水槽装满。

两张沾了沙子的烤饼，配着一小盘咖喱蔬菜泥，就是他超级简单的午餐了。吃过午餐，他就在楼顶临时搭建的小屋（也就是我的房间）墙壁和女儿墙之间隐蔽的角落稍事休息。

我没有特意观察过这个少年，而且他休息的角落似乎不容易靠近。

才休息了三十分钟，楼下的服务生又开始"帕尔——帕尔——"叫个不停，分派他仿佛永远做不完的工作。

下午六点左右，忙完一天的工作，少年的一个举动会引起我的注意。倒不是什么特别的事，却能让我充满兴味地站在铁窗后，远远看着他。

忙了一整天的少年，这时总是沉静地一个人站在楼顶的边缘。

他的背影一如往常，过宽的短裤下露出一双稍微外撇的难看短腿；仿佛被什么从左右两边挤压而耸起的窄窄肩膀上，顶着有如大颗三角饭团形状的不相称的头，还有点向右边歪。

但是，放下工作的帕尔静静伫立的背影不像平常那样滑稽，反而带着一种说不出来的动人特质。看着少年的背影，我恍惚有一种也在看着自己背影的错觉。

接着少年做了什么呢？他从他构筑的小小世界中，背了一小杆枪出来，在楼顶四处奔跑。

"砰！砰！"他口中发出还没到变声期的高音。

许多乌鸦"嘎——嘎——"叫着，在夕暮的天空中飞舞。

少年举着木片拼凑的玩具枪，对着空中翔舞的无数黑点一一狙击。

我在房间里注视着窗外的光景想：这到底只是小孩的游戏，还是有恐怖的恶魔潜伏在他的身体？或者他不过是在发泄郁积胸口的不快？

每到黄昏，少年总是在楼顶，一下这边一下那边地跑个不停，一面"砰！砰！砰！"地叫着，一面射击空中群鸦。

对于这个少年如此怪异的举动，我没有干涉更多。一天又一天过去，唯一能确认的只有一件事：少年发出的童稚高音是种清澄已极的美，足以让人相信，他没有意识到自己模仿的是一种屠杀。

寄生虫

　　它们藏身在别人的身体里，无所事事地苟活；一旦和外面的世界接触，马上就会一命呜呼，因此从未碰过外头的空气。

　　它们本来就没有眼睛，也不需看到这个世界……寄生虫一边留心不暴露自己，一边在大肠或小肠的角落潜伏，做着比寄主更高尚的梦。但悲哀的是，那也是有人情味的寄生虫才能做的愚痴之梦。我呢，不辞辛苦地将那梦从远方带到了印度。

　　我说的寄生虫，是六年前我寄居的房子主人。他的父亲留下了可观的财产，以致他从明治末年直到今天都过着优哉的生活。六年前我是他的寄生虫，这次出发旅行前，他反而成了我的寄生虫。

　　"我就是非常想要一张从高一点的地方拍摄的恒河照片。比方说雨季的时候，阳光穿过层层雨云的间隙落在恒河的水面上，发出粼粼的辉光之类的。如果可以捕捉到这样的瞬间，岂不是无与伦比吗？"这便是他托付给我的梦想。幼稚的梦想。

承他多年照顾之情，纵使这个老态龙钟的长者提出一丁点要求，我也会疼惜地放在心上；何况他多少还会付我一些报酬。我没有多想，简单计算后以一副谈论工作般充满决心的表情答应了他。而当时也不知为什么，我莫名地错觉这个决定是与我自己的决定重合的。

就好像身体的某个角落潜藏了不必要的寄生虫，我扛着这个教人脸红的使命感继续上路。然而坦白说，印度那可怕的喧嚣早已把老爷爷在四叠[①]半隐居小屋里所讲的梦想吞噬殆尽，以致我把这件事忘得一干二净；但我听说老爷爷一家世世代代都有很好的运气，所幸此言不虚：旅程将近终点的某一日，我在恒河上游赫尔德瓦尔一家小小民宿上厕所，整个人沉浸在轻快的愉悦中。一道阳光穿过窗户，照射在去掉盖子的汽油桶改装而成的水槽上，我脑海中突然闪过老爷爷的嘱托。透过生锈的铁窗望向东边的天际，正好就是那个贪心的老爷爷梦寐以求的景象。在我身体的某个角落，那只半年前随我一起漂洋过海的寄生虫苏醒了。如果没在这里上厕所，那只生命力顽强的寄生虫说不定就在其他地方的厕所跟其他秽物一起被冲掉了。再抬头一看，穿过层层雨云的光已经消失，微带绿意的灰色云层满布窗外的天空……而且正从南往北快速地移动着。

雨季近了。

---

① 日本计算房间面积的单位，一叠约一点六五平方米。

实际上，我本就从事类似摄影师的工作；更何况，如果真的有那老隐士形容的风景——一道道阳光穿过重重雨云落在恒河的水面上，那不是相当棒吗？如果那样的画面出现在眼前，我根本没有故意唱反调的必要。总之，我应该好好利用待在赫尔德瓦尔的最后一周时间，看看能不能完成这个任务。就这样，得益于我非凡的努力与耐心，之后整整六天，大自然赏赐我目睹恒河更为庄严而壮丽的幸运，也让我饱尝挫败的滋味。离开赫尔德瓦尔的前一日，我给那个贪心的老家伙写了一封信。

前略

……就这样，我如今来到名叫赫尔德瓦尔的城镇北边的一座小山岗上。虽然看不到喜马拉雅山，却可以清楚看到恒河。它就像您所想的那样，分成几道支流向遥远的下游静静流淌。我正遵照您的指示，希望能够等到一幕有如大地与太阳结合的场景。

比方说风暴过后，穿透云层的阳光恰恰落在恒河某段宽广的水面上。

中略

我住进山顶附近的一座小小的精舍等待机会，一等就是好几天；尽管雨季即将来临，每天仍旧碧空如洗，教我一筹莫展。到了第六天的早晨，我走出那间小屋，立刻察觉到整个天地的异样。我快步跑上山顶，展现在眼前的正是您期待的风景。是的，就和您形容的完全一致。

但是，该怎么说呢，我竟把您那美好的要求给忘了。我定定站在那里，凝视着只持续了两三分钟的景象，并且衷心赞叹不已。就是这样。

然后我才意识到，照相机的快门我一次也没按。我不禁想起关于您的种种。您常常引以为傲的好运道，看来也不是总能派上用场。不过转念一想，或许您才是对的。我检讨了这次失败，一度考虑要不要在赫尔德瓦尔多待几天；可即使我幸运地再度邂逅这样的风景，也不敢保证一定会记得按下快门，更何况长时间从高处俯瞰，令我似乎将神赐予人的疾病中唯一适合人类的恐高症也忘得一干二净了，我挣扎良久，还是下了山。

后略

又及

至于六天体力劳动的报酬，我一文钱都不会向您索求，尚祈安心是祷。

野鼠啃过的果实

我在印度的一个早晨是这样开始的。

在南印度的马德拉斯，为了节省住宿费，我和车站碰到的澳大利亚背包客同住了三天，不过我几乎听不懂他的英语。

澳大利亚是英语国家，所以应该是我的英语水平不够。话虽如此，他的英语发音也真是与众不同。

沉默寡言的他偶尔说话，就像出生不久的乳婴含着满嘴的布丁，在小口小口吞咽的间隙，吐出类似"嘘——"的发音，好像很害羞似的。

难得说句话后，他眉毛底下长着细小绒毛的地方微微浮现出红晕。但是几乎不笑的他一笑起来，原本温柔的声音就完全走了样，好像关在笼子里的海狮"喔——喔——"地低吼，让我有点害怕……故事发生在第三天的早上。

"醒了？"他说道。

他睡的简易绳床置于对面的铁窗下，以粗木为框。彼时他已经盥洗完毕，正用毛巾擦干栗色的长卷发。而我才睁开眼睛不久，还没完全清醒，他的声音从空旷的房间彼端传到我耳膜的时候，我听到的不像是句子，而像单调的短促音节。不过，愣了一会儿，我还是意识到他说的或许是"Wake up"。

醒了？

躺在床上的我有点惊讶。这句问话几乎接近一首诗了。他那不可思议的发音和这简短的语句简直是绝配。即使不是诗也没关系，它就是语言。那时我因为旅行了太久而觉得倦怠、灰黯，倒没有发生什么不好的事……旅行就是如此。但这一天早上，我突然感到神清气爽。

我匆匆洗过脸，对他说："早安！今天起得很早啊？"

第四天清晨，我还在睡梦中他就离开了。仔细想想，关于他，我只知道他来自澳大利亚，这次是经由缅甸来到印度的，其他一无所知。至于他，大概也只知道我是日本人吧。我们在一起那几天，没有任何能呈现彼此性格、能力之类的交谈；但这我完全理解，因为那些都不在我们的兴趣范围以内。这样的邂逅对旅人而言，多少有点不要增加对方负担的意味，而我也喜欢这样。

这样描写，看起来好像我和嬉皮士①们的互动是对等的，跟这个澳

①泛指二十世纪六七十年代反对传统礼仪、反对战争、回归自然运动的年轻人和上述文化风潮、生活态度。

大利亚人也是一样。事实上，每次我在印度遇到嬉皮士，都会被一种无法克制的自卑感围绕。在印度这样的地方，站在一个以生命本身为一切的人面前，如果你还要在表现形式上赋予行为意义，那简直是相形见绌。拿我自己举例，就是每次拿起相机对着嬉皮士的时候油然而生的屈辱感。可这就是我无法掩饰的旅行的真相。

总是备好退路，始终忙着将生命现场转化为图画或文字的旅人，如何称得上"放浪"？我的所谓旅行，并没有建立在足够的觉悟上。

现在若是看到外表嬉皮的人在贫瘠的地方旅行，也不代表这个人一定是带着相当觉悟踏上这片荒土的。相反，他们中的绝大多数都是跟我一样不上不下的家伙。来到这片嬉皮次大陆①的年轻人比两年前我第一次到印度时多了很多。他们就像预知危机临头的田鼠一样成群地四处流窜，但比田鼠机灵多了，不会奋不顾身、不留后路。横冲乱撞的田鼠唯一会做的，就是一味向前、至死方休。搞不清状况，发挥了错误的能力可真是悲剧，死得更惨。

不单单是嬉皮士，世界各地的大部分年轻人，不也都像朝死亡的行列上偏岔了的田鼠那样，心不甘情不愿地进入公司、学校，或是去画画、写作、拍照、唱歌吗？技术类的活动自不用说，连艺术都让人审美疲劳的今天，那些在荒漠般的土地上一心一意追求形式的年轻人中出现一些欺瞒与虚伪也没什么奇怪。

何况印度是一个立刻可以看穿你虚伪作假的地方。怎么说呢，这

---

①印度是嬉皮士背包客热门的旅游地点。

是可以把自己的身体截然分成左右两半，一边表现出高贵、一边表现出愚劣的、洁癖得近乎不可思议的人们居住的土地。带着有右即有左这种二元式宇宙观或生活观来到印度的人，会强迫自己变得更洁癖，即使诚实无伪还是要彻底坦白，因为看起来真实的东西也会变成一种欺瞒。时时处处、无时无刻都逼人自问："这是假的吧？"若有若无的谎言转瞬就可能变成如假包换的虚伪。

于是，我愈发难以忍受脖子上挂着好几部相机旅行的自己，十分痛苦。圣地瓦拉纳西有一伙在恒河的泥船上生活的嬉皮士，一个当地小学老师称他们为"丑小鸭"，小学生们也都有同感。一天我走近丑小鸭的船，一个嬉皮士正捞起长裙下船上岸。

按下快门时，她突然对我说："日本到底有多少部相机啊！"

明显是嘲弄的口吻。我看着快步朝河阶浴场①走去的女子背影，忍不住回了一句："跟在印度的嬉皮士一样多啦！"

我的话当然没有什么依据。那时的我已经意兴阑珊、走投无路。在孤独的旅行中失去尊严，和死了没什么区别。为了恢复状态，我一回旅馆就把一切有的没的全丢掉，再返回恒河，到水里胡乱游了一通。

离沙漠不远有个名叫普什卡的村子，围着一座棒球场大小的湖泊。那是个不可思议的所在，也是一个有着奇迹般名字、像神一样的嬉皮

①英文为"ghat"，原指水边的石砌阶梯，后成为宗教圣地的河、海、湖、池岸边举办祈福、祝圣、沐浴、火化之处的专称。本书将位在湖岸的"ghat"译作石阶浴场或堤岸。

士和我偶遇的地方。这位名叫毕尔巴的嬉皮士，疯狂热爱一种发音和他名字很像的当地特产水果——皮尔巴塔尔。

皮尔巴塔尔大小有如日本夏橙，外皮像塑料一样硬，非常光滑。形状不规则的橘色果肉带着黏性，拉肚子或肠胃不好的时候吃非常有效。

他热爱这种水果，是因为他老是折磨自己的肠胃——每天午饭后都要嚼食一大堆大麻叶，然后睡个大半天，再到普什卡的村落中晃荡。隔天只要早饭后吃一些皮尔巴塔尔，前一天被大麻叶弄得很不舒服的肠胃就立刻恢复正常，到了下午又可以大嚼一通了。

外人实在搞不懂他是为了嚼大麻才吃皮尔巴塔尔，还是因为喜欢吃皮尔巴塔尔才嚼大麻。

一天傍晚，我遇到正在湖畔恍恍惚惚走着的毕尔巴，于是问他："皮尔巴塔尔和'草'（暗指大麻），你到底更喜欢哪一个？"

"都喜欢啊。"他答道。

可是这种回答用印度的思考模式根本不能成立。我突然灵光一闪：对他而言，说不定大麻是让"毕尔巴"这个奇怪的名字变成"皮尔巴塔尔"这一切实际存在的事物时必备的许可证。换句话说，他或许是一个试图让他的名字，不，还有他自己，都升华到具象层次的崇高的家伙呢。

他每天都像不时轻拂过大麻的微风般在湖边四处徘徊。

被风景这根虚拟的弓矢射穿的嬉皮士，在我前面格外耀眼；我在普什卡那几天无所事事，常常站在远处，遥望他缠在身上的白色腰布随风飘逸。

幸存的战士画下即将消失的面包

　　小到那些听话的小孩子捏塑的纸黏土之类的东西，大到力求坚牢稳固、好像要反抗自然旨意的金字塔等庞然巨物——人类创建、制造的一切，无一不在时间的流转中风化消逝，甚至退化到看不出人类原本的意图……最后，那些用来制作这一切的材料，都转化成地壳的一部分，仿佛它们原来就在那里。

　　但只要有滋养的雨露温柔灌注在那片无生命的土地上……土壤就将变得润泽肥沃，阳光也会带来绿意。只要条件具足，绿地上将繁花盛放，蜜蜂也会飞来，蝴蝶沉醉于花香般翩翩起舞；在蜂、蝶的帮助下，花朵得以孕育出种子……风再将种子传播出去。

　　我要说的是十七世纪后半期的故事……一个疲惫的战士像拍翅的

蝴蝶，偶然来到群花怒放的地方。他是拉吉普特族^①（今居住在拉贾斯坦一带的民族）的末裔。

在这位疲惫已极的战士误入花园的八百年前，也就是九世纪时，拉吉普特族登上繁盛的巅峰；他们对战争的热爱超乎想象。拉吉普特意为"王者的子孙"，他们还相信自己的族裔是刹帝利^②的后代，天生好战也是理所应当；强烈的群体意识导致这一族分裂为数十个侯国，征战无休无止，唯武勇是尚。

十一世纪开始，这些小的侯国受到马穆德^③将近二十次的侵攻，每一次都因力量过于分散惨败。

他们建造的湿婆^④巨像被轰成齑粉……无数红宝石像碎冰一样迸裂，香桃木花般的翡翠、鸽子蛋大小的珍珠四处飞散……珍宝被劫掠一空，拉吉普特族人征战的勇气与热情也仿佛被掏空了似的急速枯竭。

疲惫已极的战士像拍翅的蝴蝶一样误入花园的一百年前……还是有一些不知哪个小国的王侯感到对不起祖先，时不时对同为武士末裔的邻国发动一场短暂的突袭。当疲惫已极的拉吉普特战士在色彩缤纷、百花缭乱的乐园中错觉自己是一只蝴蝶时，延续近千年的拉吉普特族好战的血液已经彻底冷却。

---

①古印度著名的善战民族。
②古印度种姓中的高等阶级。
③中世纪统治阿富汗东南部的封建王国伽色尼的建立者阿勒波的斤的儿子。
④印度教三大主神之一，主司毁灭。

当他来到这座花园，血管中流动的拉吉普特人温热的最后一滴血一定感觉自己命不久矣。恐怕他那时想：与其搏命去取人首级、开膛破肚，在这芳香馥郁中死去恐怕更适合作为一个悠久的伟大民族的结局。他的这一决断确实是丢弃战士尊严的重大耻辱，可从另一方面看，对一个盛极而衰、步向灭亡的族群而言，如果在最后的时刻一无所有，或许更加凄惨。

如今看来，花香的影响，已经成为发掘拉吉普特人隐而不宣的另一才能和性格的开端。

因为这名战士追忆昔日所见、所闻、所触的细节时，不自禁地拿起画笔和颜料，在自家的墙壁上涂抹起来。

曾经为刹帝利（战士阶级）的他，虽然被贬为吠舍（一般庶民阶级）①，还是去做他感兴趣的事；那种迫切的渴望，令他即使变成首陀罗（奴隶阶级）②甚至不可触贱民③，都会我行我素。或许可以说：当他放弃拉吉普特人的骄傲时，就已经没有其他东西可以抛弃了。

就这样，他从一个杀戮者转变成一个以绘画为职业的人。花的记忆、血战的记忆、动物的记忆、女性的记忆、从未目睹的河流的记忆、王侯的记忆、乐师、草木、禽鸟、云朵、太阳，这一切都成为他描绘的对象。直到后来，这个曾经的杀人者画画时逐渐在自己画的颜色与

---

①印度种姓中的农牧生产者阶级，亦从事商业、金融。
②印度种姓中的底层，从事农业或各种工艺。
③比四种姓更低的阶级，从事处理人畜尸体的工作，通称不可触民、贱民。

线条中发现了一种神奇而难以描摹的感觉。

这个战士倒也没有从此变成艺术家，因为印度自古至今并未存在过艺术家这种身份不明的阶级。一个人就算吹奏出多么美妙的笛音，也只是一名乐师；画出多么迷人的色彩，也只是一名画师，这是有确切名称的职业。正如半个多世纪前一个印度人说的："在印度，'艺术'不是独立存在的，它是整个民族感官经验的体现，并且融入生活之中，就像每天吃的面包一样不可或缺。"

一个误入花园的拉吉普特末裔就这样成为一名画师。

话说，我在这篇文章中写的"幸存的战士""男子"或是"青年"，到底是什么人呢？

不管如何形容，我只能说他是距今约三百年前，定居在东经七十四度、北纬二十六度，亦即印度沙漠以东不远的一位拉吉普特战士的末裔。这样一个人是如何和我相遇的呢？

五月底我第二次拜访普什卡的时候，整个村子笼罩在溽暑当中，了无生趣。由于湖水干涸见底，许多两千年前的人类活动遗迹重现地表。黄昏时分，那些科林斯式石柱①碎片的瓦砾上，长腿田鹬成群起降、跳跃，发出"呱、呱、呱"的刺耳叫声。不堪酷热躺在床上奄奄一息的我被吵得更加烦躁，花费不少时间头昏脑涨地想该如何教训它们。总之那是一段无所事事的悠闲时光。

---

①科林斯柱式，与多立克柱式、爱奥尼柱式同为希腊古典建筑三种主要柱式。

有一天，我走到那些聒噪的田鹬喜欢群聚的湖畔一角，脑海中想象用棉线将它们看起来有三十厘米长的细脚一圈圈绑起来的模样。被暑热冲昏了头的我像个梦游症患者一样，慢吞吞地将一根根树枝插入沼泽泥泞地，在树枝间拉起黑色棉线。我弄了二三十个陷阱，想象田鹬被棉线困住的画面。正想得兴奋，突然闻到四周传来一股焦臭。站起来转头一看，黄色尘沙已经耸立有如帷幕，能见度不超过十米。那是西边一贯会来袭的沙尘，达到这样的规模，五分钟之后强风便将裹挟着子弹一般的沙粒猛扑过来。我赶忙躲到附近一所空荡荡的房舍里避难。

太阳变成白色的朦胧闪光，所有景物仿佛都已脱离地表，轮廓缓缓消失。

要不了多久，当层层沙尘几乎遮蔽太阳的光芒，天地间陷入一阵不祥的暗默时，乳白色的夜晚就要降临。

尽管可见度几乎为零，但所谓的黑暗空间反而像一种淡淡的发光体，沙尘中一颗颗细小的粒子放出千万点黄色的微光……

感知到不祥征兆的野狗们，不知从村子的哪个角落发出嗷嗷的吠叫……然而只有诡异的音波能穿透厚重的黄色帷幕，完全看不到野狗的踪影。

在恐怖吠叫声、发着微光的沙粒以及没有任何光影能穿透的重重黄色帷幕中，我感到自己进入一种无意识状态，就像一粒细小的尘沙，随着微弱异常的喘息，缓缓沉埋到那一片黄色里。

没过多久，轰轰然一阵狂风突然扫过普什卡的高空。那是沙尘暴的使者。大粒的尘沙开始击打大地。与其说是下雨，不如说是天空拧出来的水滴在空中飞散。所有移动的物体发出互相倾轧的声音。大树的叶片碎裂。有如世界末日的三十分钟后，一切又突然地结束了。

萦绕不去的焦臭，满嘴嘎吱嘎吱的尘沙……我用力拍着头发，将头皮屑和沙粒一起抖落。一切终于结束……好像经历了一场乱战。

"混蛋田鹬！"我一面嘟囔，一面环视这个没有屋顶、家徒四壁的房子。

"这是很久很久以前、我们的祖先拉吉普特战士画的。"

"到底是多久以前呢？"

"不知道，我生下来就有了。"

"这间房子是有人住的，难道他们对这些画的来历一点也不感兴趣吗？"

"那些东西从他们生下来就有了，也不会特别好奇。"

沙尘暴过后，我发现这间避难的房子每一面墙上都画满了图案，心情有些激动，便询问一个担任村办公室秘书的老人。放眼看去，这里到处都是画，它们在充满杀气的空间中毫无预兆地出现，的确让人更加不知所措。

画其实很稚拙，比例根本对不上。画中的鱼以人为食，有些画严重剥落，只剩下一颗没有身体的头颅。笔法虽然笨拙，却是非常素朴的佳作。无名画家才会有的笔触,真切到让人仿佛可以看到他作画的手。这些不明作者的画作,就像你在印度到处都可以看到的无名氏作品一样,不会给人权力的横暴感。更教人惊奇的,是这些画作出自一位拉吉普特战士末裔之手。我完全不疑有他,经过这间涂满画作的房子时,总是一边在脑海中构筑那位幸存的战士误入花园的童话,一边往房子里窥看。

渐渐地,我甚至可以清楚描摹这位战士的容貌。在我的想象中,他虽然是人类,但更像某种昆虫。

夏天的太阳焚烧一切。那些讨厌的田鹬说不定也会甩下一坨大便就逃之夭夭。

这些画作很快就会消失不见吧。与此同时,那些笔触中显现的古昔的人的性格,都将一起消失在人们眼前。我想这样也好。在这样的风景中,没有留下姓名的作者以有限的生命完成的似乎有呼吸的作品,确实是一种美好。

不用科学家、考古学家、艺术史专家、政治家结合他们的智慧加以保存,这些举动反而是人类粗暴的干涉。就让它们曝露在本来的空气中吧。时候到了,画中女子肚脐附近的颜料开始干裂、卷翘;有一天,你悸动地目睹它突然剥落的瞬间,那样也不错。

稍微描述一下我的功劳——打个比方,就像一个少女丰润的朱唇,即使失去原本足以诱惑男子的颜色,但只要少女还活着,唇依旧是唇。

如果少女们经得起严酷环境的破坏,长存于世,也许有一天,哪怕只有一霎，她们还将轻启朱唇、娇艳如生，发出永恒的魅惑。所以，最后一个在那幅年久失修、破败已极的画作面前浑身震颤的人，也许就是我。

两块三毛钱的圣雄甘地

我很想知道，为什么一定要在甜食摊的招牌上画圣雄甘地呢？为什么湿婆或黑天①之类的神明要和电影明星一起出现在香烟广告上呢？还有，为什么泰戈尔的头像会印在线香的商标上呢？

大概搞清楚后，我试着用每个人都听得懂的说法来解释一下，就是把甘地、黑天或者所有印度教的神明、电影女明星……等等在这个国家随处可见的、把我们这些初来乍到的异乡人弄得头昏脑涨的名人和英雄都丢到一口大锅里面，用力搅拌，像印度咖喱一样煮个一整天，直到看不出他们谁是谁，甚至让人错以为是某种食物，以至于要用小指尖沾一点尝尝看。这时你就会明白，这就是地道印度老百姓习惯的

①印度教诸神中广受崇拜的神祇。

口味。

卡车车斗两边画着睡莲，理发厅镜子上装饰着猴神哈努曼[①]贴纸，裁缝店招牌上画的充满英国风情的女子向顾客推荐上衣，算命摊上的鹦哥啄着画框裱装的象头神[②]，邮局前面放一个看上去很可靠的水泥铸的邮差……等等。

无数堪称印度流行艺术的珍品，将今天老百姓的愿望、爱慕或崇拜以特有的审美意识以及素朴的笔触，经由印刷不加修饰地呈现出来。欣赏它们，我们多少可以了解此时此刻印度庶民文化的各种样貌。

所以，这些能在街头巷尾得到表达的文化，都可以算作庶民文化；相反没能在这些地方呈现的，就是没有真正融入庶民文化的了。比方说，一个政治家有没有被画在甜食摊宣传板上，足可以判断他的分量如何。

举例说明，我们知道甘地和尼赫鲁都是印度的英雄，拿刚才提到的方法比较这两位，完全可以看出庶民对他们评价的差别。即使到今天，圣雄甘地的形象还是常常给巷子里缺乏想象力的油漆店带去不少灵感；对甜食摊的大叔而言，他订制的招牌上只要有那个大光头、鹰钩鼻、招风耳的甘地，即使甜食被画得有如石头，他也不会计较。

而尼赫鲁在世时印制的关于他传奇生涯的图文海报，如今和其他褪色的印刷品一起堆置在文具店的棚架上无人问津。当年民众对他的

---

① 在印度神话中与罗刹恶魔大战，拯救阿逾陀国王子罗摩之妻悉多的英雄。
② 印度神话中湿婆与雪山神女之子，象头、人身、四臂，主司除障、智慧，坐骑为鼠。

狂热拥戴想必不输于甘地，但经过时间的淘洗，他们的影响也就分出了高下；脱下政治的外衣，普通人的质地就在此现出了差异。

那么，为什么活在人们心中的是甘地呢？我的看法也许会引起大家的误会：因为甘地被画了下来。

人们看到印度教的任何一个神祇和油炸甜食一起被画在招牌上都可以接受。同理，圣雄甘地和一个卖五派萨的油炸丸子画在一起也不足为奇（我无意说他的头很像丸子）。至于尼赫鲁那广为人知的形象——带着西洋味的成熟知性风貌，实在很难和一个五派萨的油炸丸子扯在一块。这个道理连外行人都懂，油漆店的画师更不会犯错。类似甘地和尼赫鲁的差别乍看好像不怎么明显，但是在印度的庶民之间，却是判然有别。

如果要问现在当家的英迪拉·甘地①有没有在庶民绘画中登场，答案是几乎没有。并且我可以非常清楚地说明原因。

第一次知道她，是印度国会大选的时候。因为要搭加尔各答开来的夜车，我打算在伽耶一家便宜的旅馆边等边休息；正要在床上躺下，旅馆前的广场开来了一部配备四个大喇叭的吉普车。自此以后，早上九点半到深夜一点，至少每五分钟就会传来一次"英迪拉·甘地"的怒吼，并进行演讲、拉票，吵得我根本没法入睡，甚至留下了每次看到喇叭都想吐的后遗症。

她接下来给我的影响是在大选之后，她甫一获胜，物价立刻上涨，

---

① 印度政治家，曾两度出任总理，一九八四年在第二次任期中遇刺身亡。

我旅行中唯一奢侈的嗜好——"印度国王"牌高级香烟一下涨了三成左右，让我变成一只不幸的候鸟。[①]

抛开个人恩怨，我觉得她似乎非常不喜欢印地语。据说在一次记者招待会上（全场使用英语），一位印度记者鼓起勇气用印地语发问，她竟然回答："拜托，请说英语。"

英国输入印度的英语在维护当今印度精英阶层的排场和面子上是不可或缺的武器，那教人畏怖的气势不是印地语或其他语言[②]所能比拟的。和总理正式交谈的场合竟要使用土里土气、不合时宜的印地语，确实是奇事一桩；英迪拉·甘地表现出反感的原因也许是她不会或讨厌这门语言，我尽管如此，仍认为这反射出她对印度人缺乏温柔与亲切。

这就不难理解英迪拉·甘地为何无法为庶民阶层普遍接受，也不会成为油漆店招揽生意的形象了。身为女性，她虽然已不年轻，却仍有无可置疑的美貌，不管怎么说，她的画像没有广为流传都该另有原因。

到达喜马拉雅山麓的台拉登，名唤莫哈姆的旅馆老板在我踏进旅馆时立刻告诉我："如果你是要爬喜马拉雅某个山头的登山队员，就请去别家投宿。"

待我告诉他我对登山没兴趣，他才赶忙拿出住宿登记簿。

---

①意指物价上涨导致作者旅费提早用完，不得不中断旅行飞回日本筹钱，继续他的印度之旅。
②印度是一个民族、语言、宗教多样化的国家，目前宪法承认的正式语言有二十二种。

这家旅馆名叫"喜马拉雅小屋",入口两边的墙上画满了拙劣的喜马拉雅风光。我问他:"为什么不能爬喜马拉雅?"他答道:"攀登喜马拉雅是不对的。许多外国人花了很多钱来这里爬山,但即使成功登顶,也绝不该认为自己征服了这座山。"

虽然玄关墙上的喜马拉雅山风光实在不怎么样,但听他这么说,我又觉得那些画和日本人喜欢在墙上挂的富士山风景画不太一样。还有,其他印度人家里几乎都会看到的印度教诸神,比方毗湿奴①、湿婆、黑天、时母②等等的画像,在他这里一概付之阙如。我问他:"你到底是不是印度教徒啊?"他说:"现在是,八年之后就什么都不是了。"原来他打算八年后关掉这家旅馆,移居到更接近喜马拉雅山的地方。我总共待了三天,离开的前一天晚上他来到我房间,我以为是要收住宿费,他却为我念诵了诗一样的句子。我向他确认了三次,内容大概是这样的:

冬天,喜马拉雅山高处降下的无垢雪花非善亦非恶,悄悄带着精灵的预言,旋即成为寒冰之海,在群峰之间蓄积它的能量。春天,冰海开始簇拥恒河源头……到了夏天,河水流注到赫尔德瓦尔、瓦拉纳西以及其他城市与乡村,向所有人告知远方诸神的降临。

---

①印度教三大主神之一,主司维护。
②印度神话中湿婆之妻,雪山神女化身,威力强大的降魔者。

深植于印度庶民生活的文化艺术，既有这类纯净无垢的诗歌，又有文化链末端不乏政治色彩的东西，缤纷多元，有多少类人就有多少个面向。

　　印度不是只有阿旃陀壁画或泰姬陵，石块一样散落在我们身边的艺术作品，自有它们独特的趣味。

圣者，或花的行乞之路

没有娶妻，也没有子女，全部财产只要一个布包就能装完……所以无论何时、想去哪里，他都可以出发。

去哪里呢？兴之所至罢了。北方的克什米尔也好，大陆最南端的科摩林角也行。印度次大陆所有的土地都可以支撑他的步履。由于他只得步行，唯一要留心的就是随身的财产不要过重。

巴士也好，火车也罢，他都大喇喇地无票搭乘。偶尔遇到不吃他那一套的巴士司机收钱，但他实在身无分文，又没什么值钱的东西，很快便教司机死了心。他反而还会大言不惭地对司机说："大哥，你到底要我怎样呢？哦，神啊！"

不只如此。就算司机同意他免费搭乘，他也会不时若无其事地向人家伸手要求布施，好买点水喝。

  · ·

印度苦行僧①这种目空一切的德行，有史以来就是如此了。

公元前三二六年一个美好的春日，几乎征服全世界的亚历山大大帝和他的大军一起在印度河平原休息。这时，他的视线被一群在阳光下裸身静坐、无视周遭一切的苦行僧吸引。伟大的征服者按捺不住好奇，派年轻有为的部下欧奈西克瑞塔斯询问他们的身份。苦行僧是这样回答的：

"想把有关我们的知识传达给你的主人，就像把水倒进泥里，要用它将泥巴洗干净一样。如果你的主人真的想知道我们是什么人，就应当脱掉身上穿的衣服，谦虚地来我们这边，和我们一起坐在阳光底下。"

在苦行僧眼中，巴士司机和亚历山大大帝没有什么不同。此外，他们在印度文明发祥时期就已存在，对后来构成印度社会的种姓制度视若无物。正因如此，他们和贱民一样，属于被逐出种姓的族群。

现在这样自古便难以归类的人至少有十万以上，在印度次大陆的各个角落游荡。他们为什么过着流浪的生活？为什么难以归类？再谈下去……问题会越来越深刻、复杂，我自己也说不清楚，就让有兴趣的人自己去寻找答案吧。

何况，就算有人研究出苦行僧的来历，对他们的人生也不一定有什么帮助。

① 印度一些宗教中以"苦行"为修行手段的僧人，通常要放弃世俗身份，衣不蔽体，身上涂灰，居无定所。

还是谈谈苦行僧们比较私隐的事情吧。比方说他们总是垂挂在肩上的头陀袋，那袋子走路的时候碰到腰骨就会发出活物一般喀嚓喀嚓的怪声，有时乌鸦在上面拉了屎也无所谓。它脏兮兮的却也不至于臭不可闻，装着他们的全部财产。翻开它，会跑出什么东西来呢？哦，神啊。

和脏布袋形成鲜明对比的铜壶闪闪发光，用来喝水或牛奶，直径约十厘米。放白米、小麦粉、糖或饼等布施品的加盖圆形木盘。吸食大麻用的喇叭形陶制烟斗。巴掌大小的画框，装着僧人喜欢的神祇画像。（印度包括地方神在内的神明总数超过好几百，不过也有很多人不带这类象征性的东西。）装着干性油的小瓶子，用来溶解小罐子里的红、白、黄等天然颜料，可在额头画象征神祇的符号（大致可分为九种类型）。还有会把脸照得七歪八扭的小镜子。能向虚空吹奏的、牛奶瓶大小的法螺贝。随时收集的各型各色布片和丝线，用来补缀破衣（偶尔也有人只把捡来的布片随意披挂在身上）。

这些物品，大概就构成了他们财产的主体。

还有些其他的东西。比方说像是自他们出生就和他们在一起的木片、石块或虎爪等首饰，不知什么动物的骨头或木头、铜、塑胶做成的手环。想给自己增加一些威望的人会拿眼镜蛇首铁杖。喜欢唱歌的人会带一只用大瓢瓜挖空做的能发出单调声音的单弦乐器，或带两枚贝壳（互相摩擦发出声音）。注重睡眠品质的人会把鹿皮或其他薄的毛皮卷一卷放在肩上。讨厌淋雨的人会带一柄旧到仿佛从英国统治时代留到现在的、相当实用的雨伞。爱干净的人则会准备一条前方没有多余垂遮的印度兜裆布。（带两条甚至三条的，大概是对自己的宝贝特别在乎吧，否则只能说是太奢侈。）

最后，若是哪个死缠烂打的家伙非要把布袋翻个底朝天，再用一只手加以拍打，那就会有油垢粉尘扑面而来，让你一窥布袋的悠久历史。

最后的最后，有魄力的家伙还可以在尘埃落定后发现红、黄、白各色碎片，这时本来有些突兀滑稽的、打开魔术箱恶搞的游戏，还会引起一阵小小的感动。

那些碎片是年深日久卡在布袋角落或粗杂缝线间隙的，比方说风信子、蔷薇、茉莉，有时还有夹竹桃，总之是各季节的花朵枯萎的残片。整个印度有好几万不修边幅的苦行僧，而花是他们漫长旅程中最为寻常的同伴。

那么在旅途中，这些特立独行的人心里装着什么，为何而走、为何而活……嗅着花香，喜欢这种感觉的人，应该都会理解的吧。

爱花成痴的苦行僧都面貌丑陋。不可否认，在寺院任职的苦行僧中，也有长得很体面的，而四处流浪的苦行僧——这样说实在不敬——大多说不上好看。也就是说，他们的容貌常常释放出一种我们所能想象的庄严的光，这份神情有时甚至会带点悲哀或愚痴。为什么流浪的苦行僧大多是丑男人？因为他们直接模仿了大自然的狞猛与粗暴。

有人将鼻子弄得像树干，有人将鼻孔弄得跟喷火山口一样宽，让身体涂满来自大地的尘埃。他们走过几十几百里路的脚掌磨得像是老象皮。眼睛一直曝露在阳光、沙尘和大麻的烟雾中，变成了烟熏黄。

他们生下来就从未剪过的头发捻成数十股深褐色的发束，运气不好时还会沾上牛粪之类的东西，有的人甚至以此为傲，大摇大摆穿州过县。牛粪既然会掉在地上，当然也会粘在他们拖地的头发上。这是他们偶尔会犯的小小过错，不必刻意指责。

他们也常常走到河床上，取来黏土涂满全身。黏土干后颜色发白，和他们的黑色皮肤呈现有趣的对比。他们以泥土为媒介，承续自然的法则，这是非常神圣的行为，旁人不应嘲笑。

好吧，讲了这么多，这些不明来历的人到底是谁？

喜欢追根究底的人会冲到他们面前，连续一两个钟头问个不停，希望更加了解他们；而苦行僧大概只是觉得这些人太过喋喋不休。安静的苦行僧会小声嘀咕着"哦，神啊"，一边目不转睛看着对方的脸。

亲切一些的苦行僧，也许会像当年遇到亚历山大大帝时一样，请对方舍弃衣袍，一起在阳光底下静坐。有些笨拙的苦行僧，说不定只是定定看着你，面带微笑。

总之，或许你觉得苦行僧难以理解的同时，他们也觉得你很奇怪。如果你觉得他们好笑，笑笑也无所谓；笑过以后，不妨率直地重新思考他们，以及自己。

这时你会发现，他们第一次出现在你面前时，不过就是一般的乞丐；慢慢地，他们成了难以理解的乞丐；最后，却成了充满魅力的乞丐。

与裸身印度人的对话

一天，在旁遮普邦帕坦科特小镇一家猪圈般简陋的食堂里，我付了七十五派萨，点了一份辣得要命的玉米馅炸面包，囫囵吞进肚里。

看样子挺好吃的，于是一下点了六个，才咬一口就后悔了。可我刚刚才和老板说了不少好话，人家特意将一份五个的面包多给我一个，现在哪还有脸不吃？

"你的相机，多少钱愿意卖？"

隔壁津津有味吃着同样食物的老伯，突然丢给我一个没头没脑的问题。他以为我是尼泊尔人，从外国旅客手中买下这部相机，然后拿到印度兜售。那时这种印度式的冒失提问，已经不会让我生气了；习惯后，反而觉得直来直往比较爽快。

"我是日本人。这部相机不是拿来卖的。"

在印度旅行，这样的回答一天不知道要重复多少次。通常在一些没什么名气的小地方，当地居民对外国人的了解相当有限。把我当成中国人或尼泊尔人也就罢了，竟然还有人咬定"你一定是美国人啦"。

我问他为什么当我是美国人，他说："你不是穿卡其裤吗？"

卡其裤和美国人有什么关系？我想破头也得不到答案。

时日一久，我觉得每天出门"我是日本人""我是日本人"地说个不停简直像个笨蛋，最后就变成了"你是尼泊尔人吗？""没错。""你是美国人吗？""是的。"

无论对他们还是对我，我是日本人还是美国人其实都不太重要。游走在印度的大自然中，如果还老对自己强调"我是日本人"，反倒是一件麻烦的事。

搭上一辆旧得快要散架的老巴士，从西巴基斯坦进入印度国境的时候，已经是八月末了。我遇上的第一位印度人独自端坐在远处的红土上，那里离国境不远。他那幅样子突然吸引了我。

"他是不是在做什么我想不到的事呢？"我边想边气喘吁吁地快步走过去一瞧，才发现这个男子真是名副其实的无所事事。他唯一做的，就是一心一意、不思不想地坐在那里。那是东京的傻子和红土地上的傻子最初的邂逅。

巴士大约走了一个钟头，前方突然出现好大一坨黑黢黢的东西。阿姆利则到了。如果你以为一个市镇仅仅是由居民、房屋和车子组成的话，那就错了。在阿姆利则，马车也好，牛、狗、猪、羊、猫也好，一切仿佛从泥土里硬生生冒出来的动物，无不是和人类一样在路上昂首阔步；把它们全部捏揉在一块，就变成阿姆利则黑黝黝的一坨了，和东京有如灰色棺椁的街道不同。不仅如此，这座城镇确实呈现着一种"空无"的况味。这就是我对印度城镇的第一印象。

印度的城镇可以只用一个"吵"字形容。首先小孩子都精力充沛，一有机会就又叫又跳。其次是看起来比人还多的三轮车在路上争先恐后、彼此碰撞，要么互相叫骂，要么把喇叭按得叭叭响，要别人让路。最让人无法忍受的是人们动不动就拿出运动会上用的大喇叭，把音量开到最大，发出刺耳的破音也丝毫不以为意。

其他城市不一定如此，但新德里及一些城镇流行放一种声音极大的冲天炮，尤其是节庆的时候，半夜三点窗外还砰砰作响。

一些看起来没吃饱饭的小孩裤袋里装满了冲天炮，炮仗在空中爆炸的时候，他们跟着发出各种奇怪的叫声，开心地跳个不停。

如果把这些小孩带回日本，一定会有很多人觉得他们不幸；事实上，这么想恐怕是多余的。他们绝对不会认为这样的自己有多不幸。融入印度的人群你就会发现，他们和其他地方的人过着一样的生活，也同样有他们的幸福。

要贴近印度的庶民生活，最快捷的方式就是去搭三等列车，因为那就是印度市街的缩影。至于会不会有奇怪的动物出现——从大都市的车站出发的列车是不会，但中小城镇车站的站台上就有牛或猪；狗会跳上车厢找剩菜剩饭，牛也会把头从窗外伸进来。

遇到脾气不好的农妇，如果突然有牛伸舌头过来舔她的食物，她会毫不迟疑地拿起拖鞋，劈头就打。老鹰从人手中掠夺食物的场面，在这个国家也绝不稀奇。

有过一次惨痛的经验以后，我总是提醒自己，不要把食物摊放在窗边。

遇到需要连续搭两三天长途火车的时候，带着许多大件行李的乘客总是在车门口争先恐后、相互推搡，我根本上不了车，偶尔也会从窗户爬进去。为了抢到一个木板硬座只好厚起脸皮，也顾不得什么形象了。

印度的火车经常在不该停车的地方突然停下来。尽管如此，它还是会准时抵达终点，让我十分费解。难道设定时刻表时就为火车的晚点打出了富裕，或者这根本是印度政府的德政？

实际上，三等列车上不买票搭霸王车的人相当多，他们趁火车在不该停车的地方停下来时上车下车。他们搭得理直气壮，还常常跟买了票的乘客争抢座位，倒也没见过谁冒失地对他们说"老兄您又没买票"。手上有票就没什么好担心的——印度人似乎没有这种观念，与其相信一枚纸片，他们宁愿相信自己的两条腿。

这么说来他们也许都不太乐观喽？事实又并非如此，他们开朗而达观，仿佛不管过去还是现在，生而为人背负的重担从来也不存在似的。

他们偶尔甚至会觉得，自己拥有的幸福好像远远超过了应得的。背负着超量的不幸或幸运的人，总是散发着一种滑稽的气场。一般说来，拥有过量的幸福以至于充满滑稽的人，胃的消化能力都不错。印度人的食欲相当可观即是明证。

不过和印度人正相反，近几年来，苦于食欲不振而吃多了肠胃药，反而使食欲更加不振的"食欲不振之神"胡须佬大量登陆印度次大陆。他们当然就是嬉皮士大军。

北自克什米尔，南到喀拉拉邦，嬉皮士一词都已经固定为当地用语中的一个单词。来自美国的嬉皮士居多，但讽刺的是，一九四七年印度独立之前，曾经主宰这片土地的英国人的后裔，也像是多彩的鸟儿一样，三五成群地来到这里。

英国人曾背负着文明之名，两次登上印度次大陆。最初挂着文明的金字招牌疯狂掠夺的鹰隼，此番则如大家所见，对看似支撑他们的、以文明为名的容器嫌恶至极。

来到印度的嬉皮士停止了一切思考、愤怒、烦恼，变得像和风吹拂的花瓣，在印度的巷弄中飘舞。他们就像哭过的小孩，因为泪水干了而开心，便开始与风嬉戏。

他们对食物没有印度人那样伟大的执念，比方说他们随便塞在裤袋一角的美金纸币经过一段时日会换成印度卢比，这些卢比有时会被拿去和牛奶或其他印度大自然赐予的食物交换。在这样的生活中，来到印度的嬉皮士们确实逐渐恢复了健康。

话虽如此，印度人却完全无法理解这些嬉皮士。

"那些头发留得很长、满脸胡子、奇装异服的家伙到底是什么人？我一点也不了解他们的想法。"提到嬉皮士，印度人的回应几乎都一个样。

"和多数印度人都渴望拥有自动手表、半导体收音机或照相机不同，嬉皮士们喜欢直接从印度牛身上吸吮牛奶，睡觉前花点时间和跳蚤奋战。"我这样回答，大概让他们更难理解了吧。

印度现在最流行的是"自动"这个词。

"那只手表是自动的吗？"

"这部相机是自动的吗？"

每当听到这样的话，我总是会有一种奇妙的感觉。

不过，尽管自动化的舶来品给他们的生活增添了一些色彩，他们却不会被这些东西牵着鼻子走。印度人毕竟是印度人，还是会用自己的方式让日子过得轻松愉快。

印度人用的锅、釜之类的厨具，全都黑得像好几辈以前的先祖传下来的一样。它们也都很像印度食物的颜色；肚子饿的时候，单看到那锅釜都会激起食欲。想知道最能激起人类食欲的颜色就去印度吧，不拘具体地点，看看那锅子里面咕噜咕噜滚着的东西就知道了。

一开始你会觉得那汤汁好像水沟舀上来的脏水，可是吃着吃着，就会发现这是食物最理想的颜色。其实，印度的食物绝非不洁。让保健所的员工拿试管去检验大肠杆菌的数量，说不定比东京的食物含菌量还要少。印度人喜欢将食物烧烤或炖煮到偏执的程度，以至于教人认为这是对苛烈烧炙他们肌肤的阳光的一种报复。

至于用餐方式，如果说西欧烦琐的餐桌礼仪是人类对食欲感到羞耻后的产物，印度的用餐方式就处在它的对立面上。这里的人们一屁股坐在泥土地上，徒手抓取同样放在泥土地上的黑漆食物大嚼特嚼，简直就像熊在进食。

和西欧人不同，这群东方人在食欲面前将人的本性表露无疑。走进印度的餐厅，无论吃饭的人身份多么尊贵，你都不会觉得他是庄重的。

接下来，吃了当然就要拉，但多数下层百姓家里并没有厕所；他们利用大自然解决自己的小东西是常有的事。一早自车窗外望，总会看到绿意盎然的野地中点点蹲着白色身影，在晨雾中若隐若现。那些白色身影，就是办完大事饱吸清新空气的人们——若要如实形容，他们就像散落野地的蒲公英。

旅程满两个月的时候，我在喀拉拉邦一个名叫奎隆的城市西部、椰子树一望无际的海岸漫步。许多渔人蹲踞在海浪拍打不到的地方，静静凝视远处的海面。我好奇印度南部能捕到哪些鱼，于是向他们走过去，没想到有人挥挥手，示意我"别过来"。我的脚步声又不会把鱼吓走，不要那么小气好不好——抱着这种心情，我继续向前走，不料他们更加用力地挥手"别过来，千万不要过来"。到底在偷偷钓什么稀奇的鱼种呢？这让我更加好奇，干脆无视他们激烈的手势，一口气走到离他们两三步的地方，然后我就不知所措了。

他们手上没有钓竿、鱼线。他们和野地里的点点人影在办同样的事，正专心呼吸南印度洋吹过来的海风。我一面祈祷他们不会太快办完事，一面拔腿就跑，在永无止境的沙滩上拼命飞奔。

　　需要加以说明的是，印度人穿的衬衫下摆特别长，因此他们这么做并不会有碍风化。另外，我以为是放钓饵的罐子里，装满了事后处理用的水。

　　一个人类再寻常不过的行为，却会像熊、蒲公英，或渔夫……我想这是拜印度丰饶的多样性所赐。我们的排泄行为往往是单一的，实在太无趣了；除了独自在厕所对着便器努力，你还能怎样呢？然而在印度看到的场景，一定难免让人跃跃欲试。

　　一听到印度，多数人首先浮现脑海的不外乎腐败或贫困，其实印度人的精神之健全，偶尔还真教人嫉妒不已。到底他们这种健康飒爽是怎么来的呢？

　　一个制作家庭计划巡回电影的大叔毫不迟疑地说："因为印度气候非常宜人啊"，说着十分享受地点燃他的廉价卷烟。看他那陶醉的模样，我真想说点印度的坏话让他难堪一下，可想了又想，好像也没有什么能让他哑口无言的好材料。无奈只得在他面前伸出又脏又黑的脚，说："你说得没错啦！印度的天气真的很好，你看，把我的脚晒成这个样子。"

　　气候或许是令印度人强韧的因素之一，但他们还拥有一个重要武器：多数印度人都相信人类是脆弱的生物，而且很清楚自己就是这种生物，于是决定享受人生……简单讲，他们背叛了自己的肉身；但他们又执拗地对被自己背叛的肉身充满梦想，坚信来世的圆满。不管肉身如何腐朽，只要这群华丽的印度子民一天不放弃做梦，就不会变成猪狗畜类。当然，为了维持人的身份，他们的很多行为难免显得愚痴，教人啼笑皆非，但这一切无非是为了维护人的尊严，别人不宜说三道四。

"大部分的印度教徒都相信来世吗？"

我曾问过一个立志成为建筑师的学生。

"没错，他们都是梦想家。"

"你是印度教徒吗？"

"嗯。"

"那你也相信来世喽？"

"开什么玩笑！"

哦，他早已不信那一套了。这在印度人当中算是相当进步（？）的了。

"你相信别的什么吗？"

"我想做建筑师。"

"那你也是一个梦想家啦。"

他沉默不语。我想我大概说错了话，但我真的不太了解他的梦想和那些印度教徒的梦想有什么差别，总觉得是同样的东西。就像人类的愚痴构筑的世界和人类的伟大创造的世界，其实并没有什么不同一样。

我就是这样看印度人的。在愚痴的驱策下，人不总是强韧且生生不息的吗？

在路上晃荡了三个月后，从日本带来的两双人字拖已经磨损得差不多，不过赤脚久了脚底长了茧，倒也不用买新拖鞋。日子就这样过得越来越自在、洒脱。这时我遇到一位赤脚的印度人，还和他有了一段奇妙的对话。

其实就是很寻常的事，他全身只着一件丁字裤，从对面摇摇晃晃走来。皮肤因日晒黑得发亮，肩上扛的一根木棒上垂挂着一包破破烂烂的东西，是他仅有的财产。他的脚步飞快，擦肩而过的时候，亮闪闪的健康气息扑面而来，完完全全地征服了我。他身上散发出比冠军拳击手还要强烈的一种压迫感。

我回头看他。那时的我也是一身褴褛，只有挂在胸前的相机闪闪发亮；这副诡异的模样似乎也引起了他的注意。他在远处招手示意我过去。湛蓝天空下，来自一个皮肤黝黑、仅着寸缕的人的召唤可不那么有趣。说不定他会说"把你胸前挂的奇怪首饰拿来给我"之类的。但总之，我在他面前站定了。

他露出洁白的牙齿笑了起来……嗬，看来真是在打相机的主意，这家伙……

突然他捡起身边的木片，在地上划了起来。看起来是在写字。难道他是个哑巴？

他写下的一行字非常难以辨认。

WHAT YOUR NAME？大写的英文字母，却弯弯绕绕，写得像印度文，文法也不尽正确。

"你叫什么名字？"

我足足花了十五分钟才认出这些字来，心里还忍不住纷乱地想着"这家伙肯定想要什么东西""他问我名字一定有什么目的"。我看着他，他依旧灿烂地笑着。

"这家伙从刚才到现在笑了将近二十分钟，只为了知道我的名字。"

于是我在他那行字底下写了我的名字。

Shinya Fujiwara

然后我也朝他微笑。这时他更是整张脸都笑逐颜开，接着嘭地拍了一下我的背，用眼神跟我说了再见，再次快步向前行去。

我愣在那里。没多久回头一看，他的背影已经小如米粒。我于是将碍手碍脚的相机丢下，跳着脚大声喊叫起来。

WHAT YOUR NAME？

WHAT YOUR NAME？

既聋又哑的一根黑炭消失在蓝天之中。

Chapter 2

第 二 章

乌鸦

恒河的支流胡格利河被杂乱无章的加尔各答和豪拉市区环绕。

胡格利河上面横跨着一座巨大的银色铁桥，清晨的阳光将铁桥的一面晕染为橙色时，人们一天的活动早已热闹地展开了：两节相连的电车满载乘客来来往往，英国殖民地时期遗留下来的红色双层巴士歪向右边前进，赤脚的车夫一边摇铃铛一边奋力拉着人力车，堆了一麻袋又一麻袋货物的卡车在慢慢摇晃的其他车辆间快速穿行，圆滚滚有如不倒翁的老式出租车发出刺耳的喇叭声，车夫怕马受惊而给马盖着眼罩，那马拉着二十世纪初式样的古老马车，一路留下杂沓的马蹄声……再就是被所有的交通工具不断超越的牛车，牛只举步维艰，深深下陷的肩窝顶着车轭，喀叭喀叭缓缓前行，还有一辆装满铁砂的板车，由五个裸身的男子或推或拉，以几乎同样的速度和牛车争道。

可以说凡是你能想到会动的东西都出现在铁桥上了。

铁桥发出"铿——"的一声有如怪物低沉咆哮的声响，加尔各答与豪拉街头突然都笼罩在一阵耳鸣般的轰隆声中。

贯通桥面两侧的步道边上，摆满了菜摊、油炸小吃摊、玩具摊、占卜摊、气球摊等摊位，基本只要是可以拿走的物品都有人卖，又因为是步行道，所有不适合在车道上通行的，就全都挤到这边来了。

有一段时期，我每天都在这只仿佛飘在空中的奇异怪物身上一次次走来走去，消磨时间。

在加尔各答和豪拉这般杂沓的地方走个半天后，任谁都会感到一种无法忍受的干渴，渴望看到河流之类的东西。

无可否认，桥上的混乱也不亚于市区街头；所幸它高跨河流之上，通透的空间感让混杂不至于难以忍受。

只要朝桥栏外头一望，就看不到一个人影，唯有一片空旷伸展到远方。那正是我最需要的。

每当我感到无以为继，便信步走到胡格利河上，凭栏远眺，凝视茫漠的风景。

感觉好些了，就在大约三百米长的铁桥步行道上踱步，浏览各色摊位。

一天傍晚，当我一如往常地在路边摊上吃点东西、在那些号称"日本制造"其实根本不是的玩具摊上摸摸看看时，对面远处的人群突然拥塞起来，沿着桥栏形成一堵人墙。

那些人都攀在栏杆上探出身子往下看。他们底下二十米的地方，应当是缓慢得几乎看不出流动的胡格利河的土绿色浊流。

我虽无所事事，但也懒得特地走到对面看热闹，于是待在原地，看了看我这边的河面。

……

什么也没有。

再回头，人群聚集的那边突然一阵骚动，大约一半的人穿过拥堵的桥面，往这边跑过来。

到底是什么漂在河上，能引起这么多人的兴趣？

我的好奇心绝不亚于刚从对面跑过来的这些脸上挂着鼻涕的家伙，开心地发现自己站在下游的方向后，我再一次靠着栏杆往下瞧。

从对面气喘吁吁跑过来看热闹的人陆续抵达，渐渐在我身边筑起一道人墙……

包括我在内的爱凑热闹的家伙议论纷纷，目不转睛地看着河面。

有的人带着笑。

有的人兴奋地怪叫。

每个人都开心得很。

我不时瞄一下他们的表情，然后满心期待地继续盯着河面。

胡格利河的流速非常缓慢，更让大家等得焦躁不安。

在我东想西想的时候，河流终于将流动的证据摆在我眼前。

一个奇怪的东西载沉载浮地流了过来。

当那个奇怪的东西从桥体的死角浮现出来的时候，大家更是兴奋得你一言我一语，开心笑闹起来。

我努力辨认大家都开心地看着的东西，最终确定那是什么的时候，突然一阵反胃。

恐怖的东西现身了……与其说恐怖，说不可思议也许更合适些。

河上漂的……

是一个女人。

这不是不可思议，还能是什么呢？

那女人背朝上，脸没入水中，露出水面的皮肤因为充血而发紫。身体泡在水中明显肿胀，乍一看像是一只麻袋之类的物品。只有身上缠卷着的类似纱丽的衣物，让你可以初步确认这是一个人、而且是一个女人的身体。

并且……纱丽下摆若隐若现的红绿花纹令我心痛。

她究竟是死后被水葬，或不小心掉进河里溺毙，还是自己毅然选择了这样的命运呢？我不得而知。

为什么身边这些家伙这么兴奋，我也百思不得其解。

从现场的状况加以判断，他们如此兴致勃勃，大概因为浮在水上的是一位女性。他们似乎还在争论这位女性到底年轻还是年老。

从她的穿着或许还可以判断她属于哪一个种姓、是什么地方的人。

人们你一言我一语地说个不停……而女人已经慢慢地漂走。

我的眼睛像冰冻了一样未曾眨动，定定凝视……而女人兀自漂流。

遇到水势有所改变的地方，她也只是像纸箱或其他漂流物一样，顺从地让河水带走。

孟加拉人①特有的来得快去得也快的好奇心，在这种场合体现得淋漓尽致；没过多久，人群一哄而散，只剩我一个人驻足观望。

又过了一会儿，已经漂得相当远的尸体上，好像有黑色的东西在移动。

那些东西一下飞到空中，一下又落回尸体上，频繁地起起落落。

我贪婪地……凝视那些移动着的黑色东西。用手指压着轻微近视的眼球，试图让自己看得清楚一点。

黑色的东西……降落在女人身上，以长长的尖嘴刺入尸身。

那是乌鸦。

死尸已经漂得老远，在我的视线中变成米粒大小……但乌鸦还是起落着，随着缓缓流动的胡格利河以及河面上的死尸渐行渐远。

很快，视野中活着的，和死去的，已经难以区别。

在一切流动着的事物背后，我看到了那朝印度洋铺展开的、茫漠荒凉的海域的源头。

---

①这里指包括加尔各答和豪拉在内的孟加拉邦人。

火葬

比哈尔邦，巴特那的一日。

晴空万里……西风稍大。

这里是恒河……早上七点十分，火葬开始。晚上七点四十分，火葬结束。

火葬尸体，三十一具。

水葬尸体，二具。

※　　　※

火葬场这个词的发音……日语是 kasouba，英语是 crematory，印地语则是 ashmasaan。

印地语的发音，听起来有些粗俗：

Achchaa（欸）。

Nahin（不是）。

Dahi（酸奶）。

Cholocholo（你看你看）。

Babuu（丈夫）。

这些语词从土生土长的印度人嘴里说出来，即使他就站在你面前，也会聒噪得十米以外都听得见，总觉得刺耳得很。可是，当我听到印地语的"火葬场"一词，却觉得它的发音非常优美。

印度人向远处的人问候"namaste（你好、再见）"时，会说成"namaskaraa"；"cholocholo"也会说成"chelie"，后者的发音听起来都更优美。

似乎印地语只有在广袤的大地之上回响的时候，才能将这门语言的声调特色展露无遗。"ashmasaan"一词便是如此。

我在冉冉升起三柱烟的恒河边坐下，口中轻轻重复这个词两三遍，最后大声地念了出来。

※　　　※

印度的女性不允许出现在送葬的队伍中。

一天，我看到一个老太婆无视禁忌，走到火葬场陈列尸体的地方。

她在意外死亡的孙子旁边，一脸怒容……很明显是在生气。她掉光牙齿的口中连珠炮似的吐出一堆詈骂的话。十几分钟后，怒号中已经夹杂着呜咽，整个人似乎已陷入错乱的情绪中。

不久，三个着白衣的男子过来劝慰，并将她带离现场。

老太婆依然又哭又叫。

待火葬场恢复安静，我走到死者身旁。死者的面容极为安详，甚至带着一丝笑意，在嘈杂过后的静谧中，显得尤其无畏。

死者如此安详的表情与老太婆的缱绻不舍相对……让我明白：所谓生存，无非丑业。

在逝者面前哀恸死亡，也是一种丑态。

我不觉得活着本身和死亡是等价的。只不过这次经历向我呈现了一个充满讽刺的画面：少年的安详，以及老者的狂乱。

这样看来，那位老婆婆今后还会活很久很久。

※　　　※

前面的尸体火化完毕之前，被抬到河边的死者通常要在河滩上排队等候。

尸体全身被白布缠裹，静静躺在河岸，这段空白的时间总让人觉得死者会冷；尤其是四野的风突然掀起白布一角时，更让人不寒而栗。

※　　　※

死者的家人中会推举一名男性担任整个仪式的执行者。

河岸上，一个理发师拿着一只钝钝的剃刀，等着帮这名男子剃除须发……遵照教义规定，必须剃除丧主的全部须发，只留下后脑勺一撮小尾巴。

剃刀不够锋利，被选为丧主的十一岁男孩咬牙忍耐着，脸红气喘、眼泪簌簌滴落。他没有叫痛，有时实在忍不住，会从喉咙深处发出呜呜的嚅声。

理发师面无表情，沙沙沙地刮着男孩的头皮。

※　　　※

白色，是葬礼的颜色。

死者和亲人都一身素白。河岸上负责火葬的工作人员，也都尽可能穿接近白色的衣物。

一匹宽约一米、长约四米的崭新白布，刷地摊展开来……在阳光下特别刺眼。这是为刚刚剃发的男孩准备的衣服。经过一番半剃半拔的苦刑，男孩头上一片青紫。两个大人将白布熟练地卷裹在他赤裸的身上，成为一件最简朴的衣服。

无论高等种姓的人，还是低等种姓的人，都晓得如何穿这件衣服。那是有久远历史的衣物。

……纯白的四方形布匹……教人目眩。

※　　　※

因疼痛而落泪的男孩的表情渐渐变得平和了。

历史之衣加在他身上。

※　　　※

付诸荼毗①之前，必须将尸体浸入恒河水中。人们相信，生生不息的河水能够保佑死者转世，这是为了死者再生进行的最初的洗礼。

※　　　※

站在被白衣少年安置在柴堆中、头朝河水的死者身旁……无畏地……死者的双足从柴堆中露出来。

我摆好相机，面对这两个生命……却一时不知道该聚焦在哪一边。

突然，死者的两只脚掌……它的细部……那些皱褶……沾黏的生土……阳光反射的微妙光泽……死者的一切，在相机的方形取景窗中变得无比鲜明。

---

①梵语火葬之意。

※　　　※

有人递给白衣男孩一束干草，然后把一头点燃。男孩将火种放到火葬柴堆底下铺着的干草堆上……草堆中传出小小的啪啪声……不久，柴堆的空隙中冒出红色的火苗。

火焰舔舐着死者的双足。那双脚一动不动……已经变成了一件物品。

※　　　※

火势尚未转旺，白衣男孩将香料和黄色米粒混合而成的粉末撒在火苗上（大概是当作死者前往遥远世界的长旅中的粮食吧），又分几次撒在死者四周。

绕圈而行的物体……原子核周围的电子……环绕太阳的星群……以及在死者身边绕行的白衣少年……之前见过的，绕涅槃之塔环行的藏民……

生活环境远比印度苛酷的藏民，在宗教生活中加入了绕拜这一形式。

无论闲而无事，还是劳碌奔忙，他们都会一手拿着小小的转经筒，一天转个上千遍不止；或是双手轮流拨着念珠，不断回转。

此外，每天早晚，他们都会沿顺时针方向绕行佛塔数次；最虔诚的信徒像从树上掉下来的树懒一样，沿着佛塔周围的道路五体投地叩拜。拜完起身，走到刚刚扑倒时双手指尖的位置，进行下一次叩拜。

就这样围着佛塔拜过一圈又一圈。

绕拜是沿着一个中心点（向心）画圈；反过来说，也是一个逃离中心点（离心）的动作。它们彼此并不矛盾，都是人类在大地上生活所做的正确运动。如今我在恒河边上，再次见证了绕拜这一象征人类无法从生存中逃脱的运动方式。

※　　　※

白衣男孩绕着逐渐旺盛的火焰转圈时，我看到一个不可思议的画面。

是从死者露出来的双脚方向看到的。

那时白衣男孩正好绕到死者头部，下半身被火势正炽的柴堆遮住，白色的上半身在火光中游移飘摇。

眼睛、鼻子、嘴巴、耳朵，以及胸前的白衣……全都摇晃个不停。

我当然知道那是男孩正好置身于火焰形成的变形空间中的缘故。

然而我还是非常震撼。火焰般游移不定的活生生的肉身前面……是死者的双足——那真实的沉重，正赤裸裸地展现在我眼前。

而且，那是如假包换的"曾在"。

※　　　※

当无常的生命从我的视野消失时，我看到了什么？

黑色的泥土……

燃烧的木头……

燃烧的双足……

河流……

彼岸……

天空……

……

一切都在燃烧!

※　　　※

人体的大部分是水,火葬时会化为水蒸气升上空中。不久或将成为雨的一部分,滴在谁的肩上。

剩下的脂肪会化入土中;骸骨也将变成炭粉,散撒在泥土之上。

这一切经过恒河水的冲刷,载运到下游,或许会有一部分变成土地的养分。

只不过,仅凭单纯的思考还是有两点想不通。比方说,如果人的思考也是物质运动的一种形态,那么这部分物质到哪里去了呢?是像脂肪一样滋滋燃烧之后融入泥土,还是像水分一样消失在空中?

或者就像印度古来的说法,人们看到上升的烟柱就会说:"啊,那个人飞到天上去了。"人的思考会随着神秘莫测的青烟飘到空中?

还有一点不理解,就是人体燃烧时会产生气味。依我的感觉,不同人的气味似乎也有强弱之分。

粗浅地想，脂肪多寡或荤食、素食也许会使人体味有别。一个值得信任的人告诉我，传说有一位被人当作活神仙般尊崇的圣者，死后火化时恶臭弥漫整个村子，数日不散。

这么说来，火化时气味的强弱，似乎也和死者的人格有一定关联。

※　　　※

火葬——火化尸体然后埋葬。即荼毗。始于印度，由中国传入日本。辞典上如是说。

※　　　※

祖辈在巴特那河岸火葬场做火化工的共有十八人，几乎都住在河边的小屋。我和这十八人中最资深的那位被唤作帕喇的男子有过一番交谈。

"印地语的'河'要怎么说？"

"殑伽吉（恒河）啊。"

"我是问'河'这个词。"

"就是殑伽吉啊。"

这个人一辈子在河边生活，竟不知道印地语的"河"怎么说……[①]

----

① 印地语的"河"发音为"nadī"。

在印度，恒河有三种称谓:恒河，殑伽①，殑伽吉②。最后的"吉"可以想象成对恒河人格化的敬称。

※　　　　※

有个男子从昨天忙到今天，一直在劈火化用的柴薪，恐怕明天也是如此；大概会这样劈劈锯锯一辈子吧。我突然也想试试，便问他:"锯子可以借我用一下吗？"对方没有回应，只是默默继续他没完没了的工作。

※　　　　※

全身覆满各色花朵的死者被抬了过来。为了拍照，我特地去买了橘色的花环。

一位死者家属问我"你为什么要拍照"，我不知如何回答。

我走近死者，准备将花环挂在他脖子上，一阵茉莉花的幽香突然扑鼻而来。

※　　　　※

为什么逝者和女人特别适合以花朵相配？

①英语中恒河的发音。
②印地语中恒河的发音。

※　　　※

我问：“那是什么？”

火化工丘塔反问我：“哪个？”

“就是漂在河上白色那个，乌鸦正在啄食的。”

“哦，那是玛洽尔，他是市场街糖果店的儿子呢。”

※　　　※

难以理解的是，印度人不火化非正常死亡者（因生病或车祸死亡的人）和夭折的孩子，直接把他们放进河流里流走。“非正常死亡者和夭折者都没有经历完整的人生，因此也不会有转世的可能。”负责火葬手续的男子告诉我。的确，我见到的火葬仪式中家属对死者都没有特别忧戚的表现，未经火化即被放入水中的死者家属则通常捶胸顿足地号泣。

※　　　※

火化工和死者父亲为了柴薪的价钱是七卢比还是八卢比，在那里吵了将近两个钟头。

为烧了之后就化为乌有的东西争吵，也很罕见……

我想起在王舍城见过的一场简单的婚礼，主持仪式的婆罗门①和新郎为了酬劳发生争执，好像也是在七卢比和八卢比之间相持不下。

　　在印度人眼中，七八个卢比似乎是他们在人生的大洋中泅泳所不可或缺的一笔钱财。

※　　　※

　　一个火化工突然大叫。

　　"被喷到了！"

　　"被什么喷到了？"

　　"小便啊。"

　　有时会看到烈火中喷出水来，原来那是死者的尿液啊。

※　　　※

　　脏兮兮的野狗咔嚓咔嚓地啃着化为黑炭的人骨碎片。

　　总觉得有点恶心，想踢它们一脚，野狗反而冲我过来了。在这样的地方，它们对人类与狗的关系一无所知。

　　对它们而言，我不过是食物而已。

---

①印度种姓中的最高等级，主要是僧侣贵族，拥有解释宗教经典和的特权以及享受奉献的权利。

※　　　※

　　为了渡到彼岸，我搭了船头挂着红色小旗子的非正常死亡者运输船（水葬的死者由这艘船载到河心放流），踏上甲板那一瞬，一股强烈的臭味冲入鼻腔。令人惊奇的是，之后便一点味道都没有了。气味只出现在离开河滩、置身船上的那一刹那。为什么会这样？

※　　　※

　　一具男人的尸体在河里漂着。像球藻一样载沉载浮，只有臀部两个小圆丘在黄色的混浊水面上让阳光照着，真的如球藻一般。

※　　　※

　　印度人拥有世界上所有人种里最美的脸庞，而且那二十四小时浸泡在恒河水中的脸……看到昨天傍晚被投入河中，今天黄昏在离岸不远处浮起来的男人的脸，我不禁这样想。

※　　　※

　　我问："为什么要用棍棒捣碎头盖骨？"
　　火化工答："头很难烧啊。"

我在旁边仔细观察，却搞不懂为什么脚就更容易烧。听到"烧头"不会特别感到奇怪……"烧脚"听起来却有点怪怪的。

※　　※

火化一具人类的尸体只需约三十分钟，让我们来烧至少要翻倍。印度火化工的火化技术堪称精湛，每个细节都很有经验。

※　　※

火化完毕后，火化工会取河水将火化后的碎片冲到河里。

黑色法棍面包大小的骨头依然顽强地保持原形。剃了须发身缠白衣的遗族将骨头用包袱包好，慢慢走到水深及腰的地方，将包袱用力朝河中央抛去。小小一朵涟漪，便是一个人在世上留下的最后痕迹。

投掷遗骨的男子非常镇定，动作干净利落，之后若无其事地回到岸上。

※　　※

第二天，所有作业告一段落，只等最后一具尸体火化完毕。此时，火葬场的星火飞落守卫小屋，引起一场火灾。

所有人的目光都关注着火场，只有一个人看着另一处方向。

……死去的人。

※   ※

一具尸体被弃置恒河边上，前天、昨天到今天都没有火化。

昨天风大，死者的衣服被吹卷起来，几乎全裸……是一位年轻女子。

"那是不烧的吗？"我问。

"有人将她放下就跑了。"一个人说。

※   ※

第三天傍晚，火葬场后方市区的一条街上，有结婚队伍奏着喧闹的乐曲走过。那音乐真是吵死人。

※   ※

夜晚十点，大街上彩券行的喇叭突然开始播放印度国歌。

歌声流淌在一切都沉寂下来的恒河上空，充满寂寥与空洞。

我看到暗色的恒河水面仿佛有白雾游走。

　　　　　　　※　　　　　※

　　诞生——交合——死灭。在印度人心中，这三种单纯模式是所有
生物遵循的，是生命的本质形态，其重要性超乎我们的想象。

　　多数印度教徒下意识里都有这个以诞生为首的三角图式。

　　"诞生——交合——死灭——诞生"这三种本质形态循环联动，主
宰了印度人的观察与思维。

　　死亡固然宣告了令人神伤的生命终结，是所有生物都无法逃脱的
宿命；但许多印度人哀悼死亡的同时，也明白这是死者步入下一个缤
纷世界——亦即来生的起点。

　　　　　　　※　　　　　※

　　恒河……

　　从最卑微到最高尚的东西，凡是世上看得到的，在恒河里面都可
以发现。

　　从鱼腥草叶那令人作呕的味道，到茉莉花那让人仿佛置身天堂乐
园的香气。

　　恒河无所不载。

　　因不会使用而丢掉的自动洗衣机，还没普及电器时死去的成千上
万具枯骨……恒河无所不流。

　　当这些枯骨在河底翻翻滚滚，慢慢流向大海的时候，河上行着

二十世纪初年下水的锈蚀老船，载着一九七二年的今天[①]享受生活的同时还要辛苦谋生的芸芸众生，缓缓地前进。

等到大概一九九九年，这些活在今天的众生之中，恐怕有不少人也成了河底枯骨，骨碌骨碌地和其他枯骨摩擦推挤，一步步朝大海翻滚而去。

恒河……即使到了二〇〇一年，或者某个国家的白色乌鸦诞下乌黑的婴儿，也定会照旧流淌。

[①]一九七二年为本书写作的时间。

沙暴

隔着巴士为避开热风而紧闭的车窗，太阳直射下的白色沙丘依旧刺眼。

酷暑期间，灌木丛露出地表的部分是彻底干枯的浅褐色，只有根茎在地下存活蔓生，沙地上留下点点影子，掠过车窗，渐渐远去。灌木丛在视线中有些歪斜，有的像被切好的横纹布料一般。这倒不是热空气折射或海市蜃楼，而是劣质的窗玻璃以及避震器失灵、遇上一点小坑洼就摇晃得像要散架的老巴士造成的。

在一切都扭曲变形的单调风景中，突然浮现红色和黄色的强烈色点，有如蝴蝶般翩翩起落。那是沙漠聚落中的女子身影。

拉贾斯坦女性的艳丽衣饰在沙漠苛烈的阳光照射下，恐怕可以让远在一英里外的男子看得一清二楚。

窗外一片荒凉的风景让视野百无聊赖，偶然映现的鲜艳色彩恍如女性本身。那些若隐若现的红、黄色点，有时甚至令我热得发昏的头脑产生某种幻觉。

巴士呢……依旧在塔尔沙漠南端一条窄得几乎看不清的路上喘息着，朝西北方向缓缓前进。

正午十二点整从叫作巴普的小镇出发，大约两个钟头之后……

恍惚觉得窗外好像变成茶褐色，灌木丛则慢慢模糊了起来。

离太阳西下还早得很呢，正这么想着，巴士突然停了下来。同车的十五六名当地男女乘客都把脸贴在车窗上，瞧着西面的天空议论纷纷。穿卡其色军服的售票员和司机走出车外，也先眺望同样的方向一阵子，然后爬上车顶，不知在忙什么。只听哗啦一声，巴士两侧突然被盖住，车厢内整个暗了下来。

仔细一看，边上绑着木棍的麻布遮幕从车窗上方垂挂下来；紧接着，车子的前后车窗外也同样放下遮幕。

有那么一瞬间，我什么都看不见，而且觉得更加闷热了。察知环境的动物本能立刻启动，视觉神经很快转为嗅觉，然后是听觉。

巴士发出的廉价汽油味……

烟卷的味道……

有点甜腻的汗臭味……

乘客们似乎都知道将发生什么，意外地平静。

没多久，眼睛适应了车厢的黑暗。

……然后便觉得热不可耐。

在要命的酷热当中，我问邻座的男子："到底怎么了？"他年约三十五六，头上缠着被晒褪了色的橙色头巾。

微暗里，他以当地人特有的尘沙色的眼珠瞪着我。

也是，拉贾斯坦边鄙地带的村民哪会理解我的英语。

我用食指敲敲看不见外面的车窗，一边摇头一边装出惊讶不解的表情。

男子瞪大黄色的眼球直视着我，些微干裂的厚唇向前努尖，然后"咻——"地一声将周遭空气从口鼻用力吸入。

等一口气吸到极限，他紧紧闭上嘴巴，让双颊鼓起。这副模样加上盘在头顶那坨头巾使他整个人显得怪异而滑稽。男子为了吸引我的注意，还两眼瞪着我不放，继续憋着那口气。

接下来，他将伸展开的右手掌举到与肩同高，轻轻抖动，好像推着什么似的往前移，然后微撅尖噘的嘴巴，把憋在腹腔的空气"呼——"地吹到我脸上。

我直觉往后闪避。这家伙到底在做什么啊！一股被他们叫作"比迪"的廉价香烟味加上青草叶子和油脂与汗混合的气味扑鼻而来，我不得不将脸稍稍别开。最终这个男子忙活了半天向我解释，我却依然毫无头绪。

五月一日，已经是塔尔沙漠的盛夏。

荒凉的沙砾旷野上……如果有谁在热气蒸腾的南塔尔大地一角用针尖按了一下，那微不足道的点状印记大概就是我们搭乘的这辆二十人座的老旧巴士了。

这个小点就像沙漠里的黑色昆虫屎壳郎，某天不小心被我的手指压住，只好伸着紧张僵硬的脚一动不动，无奈地等待灾难过去。

巴士一动不动。

漆黑密闭的车厢温度不断升高……这种闷热在车子行驶的时候尚可忍受，一旦停下来，人就逐渐逼近忍耐的极限。

只能闭上眼睛忍耐下去。全身上下都在冒汗。

司机关掉了发动机……从巴普小镇出发就像敲打破锅一样嘈杂、盖过乘客对话和车外一切声音的引擎声终于停止了……然后是一阵吓人的静默。同车的十五六名当地乘客都因黑暗中诡异的静寂暂停说话。

好像有什么事即将发生。

沉默持续了大概数十秒。

与其说沉默是因为对逐渐逼近的未知事物心怀恐惧而产生，不如说是大家都不知道还要在这灼热的地狱待多久而导致的。

但对于即将发生的事，我热得发昏的头脑还是免不了有几分好奇。

……除此之外，我们能做的事就是静静忍受。

在昏暗的车厢中，大家的话变少了，每个人都竖起耳朵捕捉外界所有微细的征兆。

坐在前排的胖太太抱着的婴儿大概受不了了，开始哇哇大哭。我窝在后座的一角，尽管可以自由地观察周遭的一切，整个人还是像从头到脚被紧紧绑住一样。

司机拿出火柴，点燃了香烟。

借着车窗缝隙漏进来的光，勉强可以看见青色的烟垂直上升。

……一丝风也没有。

车里还有两三处地方也嚓嚓地发出香烟点燃的红色火光。

与看到沙漠中的女子身影产生的幻觉相比，这些火光更加不真实。我的意识一时清醒一时模糊。

这时，前面突然传来"嘎啦、嘎啦"的叫嚷。是刚才那个留着与长相不太相称的漂亮八字胡、身材肥胖的司机发出来的。他说的是方言，除了能听出他好几次讲到下一个停靠站的名字"罗巴尔"以外，其他我完全听不懂。他讲了一阵，突然冒出"Japani（日本人）"这个字眼，昏暗的车厢里爆笑开来……肯定是司机讲了什么好笑的话，我旁边那位努着嘴的男人一面笑一面嘭嘭拍着我的肩膀。即使四下里一片昏暗暗的，我也知道许多人都在望向我……眼睛里都是笑意。我虽然不明就里，还是跟着笑了起来。

笑完之后，却开始有些生气。

我痛恨自己无法适切地表达感情，于是窝身在椅背上。

每个人都表现得像某种极为耐热的人种。

让我更气的是，大家笑过之后，讲话变得轻快活泼了。

我眯着眼，愣愣看着前方明灭的红色香烟火光。

人们的对话在我耳边发出无意义的嗡嗡声，不断回响。

虽然失去了时间的概念，我还是知道又过了好久。连呼吸都窒闷起来，本地人大概也渐渐受不了了，不再说话。

售票员打开前车门，将覆在外面的幕布掀开一角……整个车厢亮了起来。他出去了一下，很快又回到车里，大声宣布一些我听不懂的话……接着扣紧车门……车内立刻转暗……人们又开始窃窃私语……

情况似乎稍有变化，我抱着若有似无的期待，靠回椅背……汗流浃背……比方才更烦躁了……

人们的对话再度停止时，我原本朦胧的思绪突然因为某种预感而清醒过来。

一股比迪烟的气味猛然从前面扑来，车里的空气开始骚动。当地乘客似乎也感觉到了什么，不再说话，一个接一个将香烟捻熄。

又过了几分钟，长久的静默与忍耐终于在头顶一阵暴风的横扫下结束了。

哗——哗——哗——吼——吼——！

它来得突然，十秒不到又消失无踪。

我吓坏了……吓得缩成一团。

风神席卷一切的咆哮，满载足以震撼地上所有生物的蛮力。

或许该称之为沙尘暴的使者吧。

沙尘暴的使者通过后约五分钟……就像鲜血淋漓的飨宴之前，巨兽的舌头在猎物皮肤上舔舐似的……让人毛骨悚然的轻柔已极的和风，从四面八方吹拂着巴士。

我在黑暗中屏住呼吸，莫名有种"终于来了"的预感。

如此几分钟后，那巨兽仿佛要把强烈的欲望一举饱足似的，猛然释放暴烈的狂风。

我慌忙学其他人的样子，就近抓一块布什么的遮住脸。

暴风一开始从车底下哗啦哗啦往上吹……沙沙——啸啸——车身和外面的防护遮布好像被沙弹击中一样……突然一阵沉静……隐约听到婴儿的哭声……轰——轰——又是一阵怪风的击打……咻——咻——风钻进车窗、天井、地板的所有空隙……漆黑的车内尘沙飞扬……焦臭味……有人咳嗽……喀塔喀塔——窗外的布被掀开……外面一片昏黄，此外一无所见……掀开的幕布透进黄色的微光……沙尘滚滚的车内，蜷曲着的人影在微光中若隐若现……

我用毛巾捂住口鼻，抓紧前座椅背上的扶手，微微俯身观察着周遭。有趣的是，比起先前长久的沉默与忍耐，现在的心情反而轻快很多。

沙尘暴的猛袭持续了十几分钟。

然后又是那样毫无征兆地就结束了。

当最后一阵暴风过去，一切又恢复了沉寂。沙漠的居民对沙尘暴非常有经验，立刻愉悦地谈起话来，只有我还以为狂暴的风沙将再度来袭。大家把遮口鼻的布拿下来，擦了擦脸，扑扑拍掉衣服上的尘灰。我也忙着将积在衣裤皱褶里面的沙子掸掉。每个人都这么做，致使阴暗的车厢内烟尘滚滚，比沙尘暴的时候还严重。人们嘴里都是沙子，吐痰声也是此起彼落……

终于，盖住车窗的幕布也卷起来了。

外头还是一样被黄色的尘霾笼罩。透过前面的挡风玻璃，可以勉强辨认颜色稍深的道路，但二十米开外的地方依旧隐在雾霾中。

……一丝风也没有。

穿着军服的司机回过头来说："结束啦！"

很快我的耳边就轰隆、轰隆地传来令人振奋的引擎启动声。

死神

西边的地平线上，仿佛有一片绿意。

但我很快发现这不过是错觉。尘霾将远方罩在一层白茫茫中，偶尔就会看到不存在的幻影。

虚假的绿意上空四十五度角的位置，有一个白亮的庞然大物，突破沙尘的厚墙浮现出来。

并非幻影。

巨大的物体释放的热气，以超乎想象的能量攻击我小小的前额……根本就是暴力啊。

沙粒也比在巴士看到的粗暴，而且充满攻击性。瞬间便彻底干燥的沙粒，一脚踩下去即刻瓦解，让人踉踉跄跄。沙粒是滚烫的。灼热的天与地之间，看不到任何生命的迹象。

即使勉强远离太阳的淫威，西北边的蓝天也好像被烤焦了一样，颜色变得有些惨淡。

我的目的地，理应坐落在这片焦黄的天空之下。城镇的名字叫作帕洛迪。

我是从中型城市焦特布尔先搭火车到洛哈瓦，然后换乘老巴士去帕洛迪的。几乎被黄沙掩盖的单行道上，巴士气喘吁吁，留下一路烟尘。车窗为阻断热气紧闭，缝隙还是钻进一阵阵焦臭味。毕竟是沙漠。

离帕洛迪还有七英里的地方，有一座不见人烟的小村落，只有沙漠地区常见的红褐色带刺杂草在村里的沙地上攀爬蔓生。我在村头下了车，想要从这里走去帕洛迪。两个头上顶一大坨鲜橙色头巾的男子跟在我后面下车，很快就消失在村子的巷弄中。两人看起来淳朴害羞，故意避开我的视线，装作对我毫无兴趣，但从背影便能读出，他们对我肯定充满了好奇。

我看着已经走远的巴士留下的烟尘，确认帕洛迪的方向，然后拐进村子，在一棵歪歪扭扭的不知名矮树下歇脚。沙漠的风断续吹着，脖子上的汗很快就干了。隐约听到什么东西被风拂过发出的声音，有点像隆冬时节的寒风……但这里可热极了。

村子包裹在寂静中。放眼一看隐约只见一堵堵墙壁，浅褐色厚厚的夯土墙壁……沙漠中到底从哪里找来这么多泥土呢？大概也不会是那辆看上去随时可能散架的巴士载来的吧。难道真的有办法把这些干硬的沙粒固定成形？哎，我管这么多干吗呀，都热成这样了……村子还是阒无人声。

不一会儿，突然有咯咯的笑声传入耳中。到底是谁在笑？问过才发现，笑的人就是我自己。可是我并没有要笑的意思，是我的喉咙在知晓笑的意义之前，不自禁地咯咯发出了声音。这个没有自知之明的家伙！我禁止自己笑下去，并思索发笑的原因；可不管怎么想都毫无头绪。感觉有些地方不对劲……我思前想后……觉得那大概是可以被称为沉睡的记忆之类的东西……引发前一刻奇怪举动的可能原因，已经远在人的思虑所不能及的地方。

……而村子依然静悄悄。

不过没多久，就有什么声音打破了村子的静默。干枯的声音。因缺乏共鸣，像是单面鼓发出来的。音质不太稳定，可以想象这面鼓一定有些破洞或裂痕；从而也不难推测，敲打出这种鼓声的人，态度也不是很认真。

以缓慢的节奏咚、咚、咚连敲三下，间隔两次呼吸的时间，又咚、咚、咚地再敲。就像傻小孩玩游戏一样，非常执拗地重复个不停。

休息了二十分钟后，为了抄捷径，我绕向左边，远离车道，往帕洛迪走去。刚才下车时，穿褪色军服的老司机指着帕洛迪的方向对我说："还有六英里哦。"

朝帕洛迪出发的时候，对面五六米的一扇木门好像没关好，突然啪嗒发出好大的声响。经过木门的时候，我冲着村子用日语说了一句："Sayonara（再见）！"至少有十五六个男女村民躲在阴影之中，惊讶地听着我这个怪人嘴里吐出奇怪的话来。

村庄出口一个沙漠风沙较弱的角落地面上有点点红色，走近一看是拇指大小的花，丛生在一起。燥热的风偶尔吹来，红点就轻轻摇摆一阵，发出枯叶般沙沙的声音。我找到一丛大的花簇，拔下来放在掌心，几乎感受不到重量。合起手掌，花瓣在我的手中……化为齑粉。

比枯叶还脆弱的花朵。放眼往村庄各个角落搜寻，根本看不到其他花的影子。真是不可思议的花。

离开村落相当远的一段距离，村里咚咚的鼓声还是依稀可闻。

大概走了有一个钟头吧，肉体的抵抗和外部的压迫达到一种均衡。我的心情变得非常轻快。每走一步，都感觉自己身上所有的精神衍生物、多余的情绪和不必要的思考被尽数埋葬在尘沙之中。这时的沙丘看起来极为庄严，凛然不可侵犯。

然而，这种安宁美好的感觉并没持续多久，幸福反倒像是痛苦降临的前奏。"好热"这个念头一起，阳光立刻强烈到让人睁不开眼，脚下的沙粒仿佛吸饱了地底的热气，就差烧起来了。偶尔吹来一阵风，周身的温度马上倍增。时间越久，肺里吸入的热风越多，每一次呼吸都很不舒服。身上带的水变得好烫，根本不能解渴。

最让我担心的是，眼前的风景中看不到一片阴影。

此时此地，最凉爽的地方无他，就是自己影子所在之处。我还真的像个傻瓜一样，非常认真地思考如何有效利用这约莫一百六十七厘米长、五十厘米宽的小小影子……但这无非是痴心妄想罢了。

我在这种状态下又走了半个钟头，脑海里突然开始闪现一个可怕的意象，简直是乘虚而入——清凉饮料可口可乐。

我感到害怕，是因为此情此景和一个传说奇迹般地不谋而合。那是我在瓦拉纳西时从一个德国人那里听到的。是一个集游牧民气质和都会背景于一身的奇人临死前的故事。有些滑稽，也有点悲凉，但对此刻的我来说却非常恐怖。

他告诉我，曾有一个美国嬉皮士，口中叫喊着某清凉饮料的名字，倒毙在阿富汗沙漠当中。

这就是故事的全部内容。我听到的时候笑了笑，很快就置诸脑后；然而现在脑海里却突然闪现同样的场景。尽管只是一瞬，但是那玩意儿的细节却历历在目。

草绿色调的透明瓶身，冰冷光线交错中白色泡沫四散，赤褐色的液体随时会喷涌而出。玻璃瓶的表面都是凝结的水珠，背后还有整片湛蓝的天空。简直和彩色电视显像管映出来的可口可乐一模一样。

教人惊讶的是，它看上去比我过去拿在手中时更有真实感。站在沙漠中，我惘惘然想道：说不定，这就是死神啊。

我一定要逃，朝南改道，决定绕回大马路。此时距大马路还有一英里，为了消除恐怖的幻觉，我从背包取出便携式收音机，开始旋转选台器。收音机中传出阿杰梅尔广播电台的节目声，不久，一位不知哪里来的大师用温和的语气开始开示。他说了很多话，主要是劝大家要养成晨浴的习惯。晨浴以六点到八点之间最好，晨浴可以获得不少功德，甚至可以改善夫妇不和、增加作物产量。总之最终一切都将有益于国家。最后他又列举喜爱晨浴的印度名人，同时播放气氛庄重的印度古典乐曲作为背景。很多人名我听都没听过，但其中也有甘地、泰戈尔、尼赫鲁等，所以说，好像只有死去的名人会做晨浴。后来又突然蹦出肯尼迪的名字，夸张得令人绝倒，也让我立刻跳回沙漠的现实。

这时来了一头吐着满嘴臭气的骆驼，拉着一辆平板车，上面坐了两个拉贾斯坦女子，还有算上小孩总共四名包着头巾的男性，六个人目不转睛地看着我。我已经走回大马路上，没有征求他们同意，手指帕洛迪的方向，不由分说即跳上了平板车，他们也很大方地接纳了我。我舒了口气，对他们颔首苦笑，一个身着传统红色长裙的女子看着似乎是她丈夫的男子，开心地大声说着什么。男人们反而比较害羞，其中一个缠着黄色头巾的为了掩饰羞涩，连忙拿起一根棍子，鞭打骆驼沾满了粪便的屁股。

五月二日下午五点左右吧。一头骆驼因为屁股疼痛难耐，突然从沙漠的某个角落朝帕洛迪的方向狂奔。火热的风鞭笞着我的脸颊。

惘然的骚动

理论上当帕洛迪小镇西边的天空是一整片火烧云，而东边的天色转暗的时候，我应该已经在一家便宜旅馆的小房间中用力抖落衣服、背包上的尘沙，脱光去冲个澡，和保佑我平安无事度过今天的神明请个安，然后舒舒服服地躺在床上睡大觉了。天晓得我的守护神吃错了什么药，在最后的最后开了我一个无聊的玩笑。

总之，当西边天空红成一片，东边的天空出现夜晚降临的征兆时，我的眼前却有毫无生趣的三十二个人和两条牲口。

村里的执事向我发问："那，贵国是用什么方式将产值回馈给国民的呢，藤原先生？"

这家伙未免也太装模作样了。日本的国民生产总值最后是如何回馈到国民身上的——印度沙漠中一个小村庄的小官员有必要知道这种事吗？

没办法，我只好回答："并没有好好回馈吧，你们看看我这件脏衣服，比你们的都还破旧呢。"（执事没有笑，把我的话翻译成当地语言给众人后，马上丢出下一个问题。）

"那，如果贵国有什么重大的社会问题的话，会是什么呢，藤原先生？"

在这个鸟不生蛋的沙漠一角，一场不知所云的公共对谈就这样持续了两个钟头。

到帕洛迪之后想去茶摊喝杯茶，是这场错误的开始。

最近有不少没露过脸的奇怪人种坐着骆驼拉的平板车来到这里。偏偏这一带的印度人生性好奇，闲得发慌的家伙又多；尤其是整天泡在茶摊的大叔们，不知是幸或不幸，他们人生的大半时间都在名为无所事事的海洋里游荡。所以对这些人来说，搭着驼车的日本人就像遥远的喜马拉雅山降临的湿婆神一样，是可以在他们单调的人生之树上留下特别印记的奇迹之人。

两条每天靠捡食茶摊的废弃物果腹、褐家鼠一样鬼鬼祟祟的脏兮兮的野狗，似乎也嗅到什么异样的气息，兴奋地在人堆中穿行。

其中一条熟练地钻过人墙，从第一排观众的脚下抬头望着我。它的脸上没有任何表情，大概自生下来就没有吃过一顿饱饭。像是得了白内障的瞳孔和满布的眼屎是慢性营养不良造成智力发育迟缓的有力证明，只有黑色的鼻子还在灵敏地嗅个不停。

当二十个人围着我组成人墙的时候，那位执事不知道从哪里听到消息，穿着崭新的雪白长衫和腰布，带着一阵风潇洒莅临。

他胖嘟嘟的，显然吃得很不错。用左手手指提着腰布下摆，凸出的啤酒肚左摇右晃，大摇大摆地漫步而来，正是印度乡下小官员典型的身姿。

他拨开二十个闲人走到我面前，伸出没有提腰布的手来跟我握手，握得特别用力，问候语却含混不清。

"How ru you wu？"刚一握手，他就问了这么一句。尽管难以分辨，但那显然是英语的"How do you do？"为何听起来有如此大的差别呢？其实另有蹊跷。

不是由于有言语障碍或态度轻佻，而是因为他嘴里塞满了胖烟①。以石灰或银箔包着既苦又甘的香料，加上很像栎果的涩味的树木果实和其他根本不知是什么的配料，用充满肉桂和鱼腥草混合味道的绿色叶子卷起来，整个抛入口中。这就是执事嚼食的东西。它的味道之特别，是无法用怪味、珍味等普通的说法来形容的。

那滋味真是难以形容，简直是任性而为。以味道而言，它缺乏一种秩序。用声音来比喻，就好比乐团正式演奏之前的试音，钟、大鼓、喇叭你敲你的、我吹我的，到头来根本不知道自己嘴巴里吃的是什么东西。不只如此，这些味道的大杂烩还会教人的味觉神经失灵，让嘴巴彻底麻痹。在这之前，我们已经被迫进入一个不可知的世界了。就像把印度这一整个混沌世界直接抛进嘴巴里一样。

---

① 印度嚼烟，也译作"帕安"，以荖叶包裹槟榔干和鲜槟榔、石灰、熏烟叶、丁香等碎末而成。

吃下它口水就源源不断。呸地一声吐出来，口水竟红得像吐血。然后继续嚼啊嚼，又是"呸！"一声。就这样呸了一次又一次。

这东西对身体是有害的，嗜食者的牙齿、嘴唇、舌头都会变成深红色，非常不雅。不过喜欢的人才不在乎。也不必管它有无营养，不过是种嗜好罢了。

执事就是含着这诡异的东西跟我打了一个含糊的招呼。

对一个初次见面的人说"How do you do"显然是失礼的；而他也该对这一点心知肚明。之所以要这样做，简单地说，无非是出于那点没搞清楚状况的虚荣心吧。

这就有点像叼着卷烟来一句"哟，初次见面"，属于一种自我防卫，由于不敢光明磊落地面对一个不知底细的陌生人，便故意做出轻视对方的姿态。

这类印度小官员实在有不少，解释得再明白一些，这位自称布朗的四十二岁的小官员嘴里的胖烟和口水混合的红色液体正泛起层层涟漪。这是他说"How do you do"或"Where you come home"（"Where are you come from"）的原因之一；另一个原因是在嘴里储存这些液体能给这名小官员带来难以言喻的美妙感受。由于咀嚼不断分泌出津液，而这多种配方搅和出来的津液据说是胖烟最绝妙的味道，于是执事必须撑长他的下颚来贮存更多的唾液，很自然地就形成一种抬高下巴看人的姿态。

至于这位以两根指头提着雪白的腰布下摆，挺着大肚腩抬着下巴说出"How do you do"的小官员到底是什么职位，我也懒得猜了。

他瞄准人们的好奇心高涨到一定程度的当口，在我们之间摆上一张不怎么干净的木桌，展开那又臭又长又空洞的政治对话。

天晓得三十二人加上两条狗组成的围观人群明不明白我们究竟在说些什么。

单单看我这个从东方远道而来的怪人嘟嘟囔囔说些什么，他们就已经兴奋得议论纷纷了。听说怪人连喝了五杯奶茶，大家都很开心。看到怪人抚摸狗儿的脑袋，人们面面相觑，竟然还有人模仿起犬吠。

"哦，贵国大总统的名字叫什么，藤原新也先生？"

想起日本首相的名字之前，我突然有点头痛。我已经很累了。然而这个小官员鼓着双颊，我以为他要把嘴里所有的胖烟都吐掉时，他竟连珠炮似的吐出一大堆印度腔英语。带点炫耀地飞快吐出一长串英语的表演，也是印度小官员常有的德行。

我只好试图从他深红色的嘴里叽里咕噜飙出的话语中，勉强拼凑出只言片语。

空洞的对话没完没了。

有些不太怯场的家伙也开始问我问题。一个年轻男子睁大眼睛问道："您戴的手表是鸡公（精工）的吗？"

有个年长一点的抓住时机，看看全场，提出一个他认为大家最想问的问题。

"你的头发留得和女人一样长，为什么要这样？"

全场爆笑。

随着问题越来越多，起先还帮大家翻译的小官员干脆直接帮我答了。他大概觉得自己已经对我了如指掌了吧。听众不时哈哈大笑……也不知他帮我又乱说了些什么。

过了好一阵子，他趁暂时没人提问，干脆对着众人演讲起来。八成是什么政治演说，喜欢凑热闹的家伙们一脸无趣。

我默默喝着奶茶。大概是在没有上釉的陶杯释放的土香里，我的心情平静下来。轻轻闭上眼……白昼煌煌的太阳，在我眼睑内侧灿灿闪烁，恍如梦境。

沙漠中的小小村落……三十二个凑热闹的家伙，疲惫而微觉悲凉的英雄……完全失控的痴肥官员……两条瘦巴巴的流浪狗。

人们的好奇心逐渐消退，一个家伙扛起他的牧草赶着回家……一个家伙念叨着我讲话时用得不恰当的印地语转身离去……其他人大概也有晚上要做的事，三三两两地走掉了。

就像被听众忽视的扩音器经常失灵，傻官员虚张声势的无以为继也只是时间问题；从他逐渐僵掉的笑容便可窥知一二。

而我想着差不多也该去找个落脚的地方了，但喉咙还是干渴难耐，于是仍不断续杯奶茶止渴。

……可想而知这样一场莫名其妙的热闹，给那两条癯瘦野狗带来的唯有疲倦；它们成了路边相互依偎的两坨黑色物体，好像已经开始呼呼大睡。

月光覆盖着蓝色与黑色的静谧大地。

As-salāmu alaykum（祝愿一切平安）。

我对着月亮而不是太阳，口占西亚民族神圣的祈祷。

搞不清到底睡了多久，当那奇妙的声响撩拨我的耳膜，让我从茶摊的长椅上惊醒时，外面已不见任何人影，茶摊角落昏暗的灯光下只有一个半睡半醒、有一口没一口地啜着茶的老人家。

但无论是老人喝茶的声音，还是我发出的沙沙声、没头没脑的昆虫不断碰撞灯泡的嚓嚓声，或入夜后在电灯附近的墙壁上四处攀爬抓虫吃的壁虎从小小喉咙发出的咄咄声……一切声音都被那把我从熟睡中挖起来的刺耳声响覆盖了。

在那声响的肆虐下，我开始追想它的源起。要这样做，就得面对一个难题——回溯睡眠时的记忆，意外的是，我很早以前就具备这种特殊的能力，曾经多次完美地解决了这个难题。比方说睡眠中感觉腰腹一带突然一片湿冷而惊醒后，我先是坐在那里，对自己的失态感到丢脸，接着就试图追溯这件惨事发端的时间点。

应该是这样的：下腹部快忍不住的时候，人几乎是伴随着无意识的决断，故意朝欲望满足的方向发展的。那个时间点便是如此历历在目。除了上述这类事情，我还常把这种特殊能力活用在唤醒更加美好的记忆上。唤醒睡眠时的记忆能否给我的人生带来什么正面的效应呢？就结果看来非常遗憾，尽管我可以异常清晰地回溯惨事发生的时间点，但现实不过是眼睁睁看着液体濡湿棉被而已；倒是心情因为可以回到隐秘的关键时刻而好一些。

现在我运用这个特殊能力，确定刚刚那刺耳的声响应该是我从长椅上惊醒前的刹那突然发出的。

犹在休眠状态的耳朵缓缓回归现实，并开始分析它的性质，没多久，单纯的声响转为音律。

……是歌！

从茶摊里间（说是里间，其实和外间连在一起）阵阵传来。

唱歌的是一位男子。

基本上那是吼叫，让耳朵疼痛不已的吼叫……而且没有歌词。

男子的声音以"a——e——i——"三个母音为基调，仿佛野兽带着颤音的咆哮，节奏就像云霄飞车，慢慢爬升到顶点后猛然俯冲到底，然后在疯狂的震颤与喘息中再度从最低处爬升。音量开到最大的喇叭好像也不堪男子的操弄，不时发出歇斯底里的怪声，或是破钟一样的走音。

男子忽高忽低的吼叫之后，紧接着是不知名的打击乐器和音色模仿人声的吹奏乐器，附身一般死死缠绕着。

我被这刺穿脑膜、既非嘶吼也非歌唱的有魔力的旋律丝绳牵引着，迷迷糊糊地从茶摊外间缓缓走向里间。

……店里的昏黄灯光勉强可以照亮的深红色沙地上，是纠缠散乱的黑色电线，以及它们连着的蓝色油漆斑驳的巨大喇叭。我已经走近声音的源头，近到听不出它的旋律。那里没有人影。不……后门边沉睡着店里的杂役，用一条不怎么干净的毯子将自己从头裹到脚，整个店里只有这一个不小心会被当作一只布袋的家伙。

那声音的强度之大不只麻木了我的听觉，连朦胧的视觉神经都快麻痹掉了。

这狂飙式的呐喊到底是对谁而发的呢?

我一边揉着眼睛,一边扫视声音涵盖的范围。

……喇叭周围却一个人影也没有。

黑色天幕之下,是和它同样广袤的青苍色沙堆……或说沙原。

在扩音器的叫嚣下,极简主义的大自然依旧昏昏欲睡。

在这时空下,无论耗掉多少电量配合旷世男声,最终都只能说,所有的歌都毫无意义。

男子的呐喊……连在一片空无之中回荡的余裕也没有……迅即被干涸的沙丘和黯黑天幕吸收殆尽。

我已经从沙漠悠长而安逸的梦境中醒过来了。静心凝视声音的发展,突然陷入一种绝望的氛围当中。

印度教

　　试图在一片荒凉的大地上开辟一种以人类为主体的形态，却壮烈败北，而后长期弃置不顾，以致那片土地几乎无法留下任何可以代表人类意志的痕迹，只等再一次被大地吞噬……我曾多次造访这类泥块堆叠的遗址。

　　我也曾好几次卷入彻底拒绝人类意志的恐怖大地、必须逃亡图存的人流之中。

　　但即使我已经习以为常，人流却散播着印度荒凉的大自然般席卷一切的刺鼻的体味……旅人不得不再度出逃。

　　印度没有一个可以让人的肉身获得妥当安置的温和空间。

　　结束印度次大陆西部沙漠地带的旅程时，由于长时期不断从一个极端移动到另一个极端，我身心都处于极度疲惫荒废的状态。

我觉得，旅行……是悲惨的，也是辛辣的；它神圣，然而也出乎意料地愚劣。

旅途中的一切，大都无不充满滑稽的本质……它的不可思议一直颠覆你的想象……大概就像在完全没有整理的荒地上丢出一只橡皮球，球会一路撞上许多无法解释的突起，四处翻滚、不规则地弹跳。

橡皮球的移动让人觉得滑稽，无非是因为它能跳得很高，又被抛掷在那样一片荒凉的土地上。

结束沙漠地带的旅行，再度返抵普什卡村时，我内心深处多少感知到，某种旅行的形式已经告一段落了。我的内心可以比以往更冷静地享受外界的一切，并用这样的心情观察周遭。

这时节的普什卡每天都是超过摄氏四十度的高温，肉眼就可以看清普什卡湖的干涸。两千年前古人的建筑遗迹，那些有如死者骸骨的瓦砾在逐渐干掉的湖床重见天日，光着身子玩水的小孩懵然不知这些瓦砾的意义，踩在上面又叫又跳。

这座村子，是让我漫长旅途后极度疲乏的身心得到休养生息的、最初也是最后的土地。

我在这里找到理解眼前风景——亦即这世界——的若干线索……不，应该说是发现才对。

五月底，快要月圆的一天。

建造于普什卡湖畔、已经有两百年历史的古老宫殿，如今被改装成几乎没什么客人光顾的廉价旅馆。分配给我的房间大得有点浪费，打开房门对着的一扇小木门，是一个由厚重石块堆起来的高台。虽然我很熟悉这间房子，但再度踏上普什卡的我仅剩漫漫长旅后不知将心灵遗忘在哪里的一具空壳……那个夜晚，我毫无原由地将勉力支撑这具空壳的肉身带到了通往高台的小木门边上。

如果知道一踏出这扇门，外界的一切都会像拉满的弓一样从四面八方瞄准我，随时准备发射的话，我是没有理由着急赴死的。但无知的我没有多想，就推开了木门。

开门那一刻，我的身体就像刺猬般，突然被外头的一切狠狠射穿。

我发出微弱的一声"啊——"，差点当场崩溃倒地。

可怕的风景展现在我眼前。

……但那也可以说是平凡无奇的风景。

硬要形容的话，那就像公共浴室墙上装饰的喷绘一样，是迎合人们平庸品味的风景。只是对那时的我而言，却恐怖至极。

我淡然静观眼前的风景，而风景也以远超我的力道，令人骇异地凝视着我。

有那么一瞬间……我对眼前的一切毫无置喙余地，只是眼睁睁看着风景这尖锐的无形之矢，将我冻结的肉体彻底穿透。

我的……

头上月亮高挂

眼下，是仿佛切入普什卡湖水面的粼粼月光

黑色天幕中井然罗列无数星子

青白色的一栋栋屋宇沿湖而建

群树

就连一片叶子，都拥有我视觉无法感知的存在的重量

坚硬的石栏一面藏在暗影中

另一面则沐浴月光，显现鲜明的对比

远处，屋宇间若隐若现的

圆形沙丘的片段

沙丘与黑色天幕的对立

我的呼吸清爽

脚踏的石头生出令人愉悦的压力

清楚确认我直立于大地之上的身姿

翅膀超过一米的大蝙蝠

在漆黑的天空盘旋纷错

贪欲的羽翼，不时遮住满月

月影落在我的皮肤上

喀——喀——

仿佛骨头摩擦

沉重、原始的羽翼之音

有时，在沉睡当中

还有从屋檐下倒着跌落黑暗的鸽子

凌乱的拍翅声

敌不过这广袤的黑夜

然而大蝙蝠拍翅的声音

让世界变了一个样子

方圆十公里内

所有树上停栖的数百羽孔雀

突然，和猫的凄厉叫声呼应起来

让沉默解体

但静寂很快再度降临

我只听见自己的呼吸……

一切都分崩离析

一切都呈现孤独之姿

湖对岸的远处组成群树的叶子一片一片

比树干或树枝更加无所依傍

带着独一无二的个性

世界上万事万物

依照各自的向往

用形体、声音、独自的运动

构成了风景

然后

微风摇落的树叶坠地声

我柔软的身体

若无其事地穿过

盛夏之夜

爱就这样

辛辣地穿透我的肉身

于沙漠经历的那种难以言说的官能情感至今再也没有体验过。但那件事之后，我疲惫已极的身心却以令人惊奇的速度得到了疗愈。

后来想想，那大概是我和印度风景最初的融合，并在此后或多或少地改变了我旅行的形式。这以后，不管遇到什么样的人、城镇或荒野，我都可以依照不同的环境，像鱼一样摆着柔软的鳍，自在泅泳、出入其间。与其以人有限的力气横冲直撞，以堪怜的肉身顺应一切矛盾更加符合这片土地对你我的要求。

再度造访普什卡的时候，我撞上露呈在荒凉土地表面那些无法解释的突起……我想，那也是从地心冲破地壳、露出地表的巨大突起。

仔细想来……当初在加尔各答遭遇的无法理解的突起，那些基本是人造物的突起经过普什卡这一遭，意外地让我拥有了足以顺利消化种种难解的人类行为的胃壁。

架在混乱之都加尔各答胡格利河上的巨大铁桥，还有铁桥底下那些无路可走、不知道下一餐饭在哪里的人们形成的恶臭旋涡……可是对他们而言，那里是足以遮风避雨的理想场所。

隆冬一月的一天，天色开始露出鱼肚白的时刻，我在这个地方目睹了死产。

那是令人不忍细看的画面：微暗的大桥底下的巨大空洞里，是用脏兮兮的毯子紧紧裹住头脚全身以抵御清晨低温的沉睡着的人群，数一数，人数超过一百；充满恐怖的意味。

空洞中……

传来似乎是男人的呜咽

大约持续了几秒

就再没听到

在我面前……

一个上了年纪的妇人正受痛苦煎熬

非常失礼的，我竟然……

站在两腿张开的妇人正前方

在毫无阻隙的位置上

定定站着

直视一个生命的诞生

那是外人不应该出现的地方

身上仅缠着一条简陋的腰布

肤色黝黑，年约五十的丈夫

对妻子的呻吟束手无策

男子瘦削的右手上

握着一把生锈缺损的钝器

除此之外

做丈夫的不知道还能为妻子和小孩做些什么

这把钝器……

只砍了一下

切断母亲和乳婴相连的脐带同时

钝器发出低沉的一声"咄"

敲击着粗粝的水泥地

那婴孩全身布满细细的皱纹

意外地很白皙

从它的小嘴

冒出类似白色泡沫的东西

……没有哭声

当些微热气

从白里透红的皮肤

微弱地升起时……

我突然有一阵不祥的预感

丈夫与妻子惘然纷乱一场

新生命并没有降临

当清晨的光线驱走桥下的黑暗，女子已经倦极而眠。

做父亲的则穿过河边人来人往的杂沓，朝河流走去。

他的双手捧着崭新白布包覆的乳婴尸体。那白色在的父亲手中显得格外刺眼，但它看上去和一件小行李没什么两样。

做父亲的开始大声念诵一些我不明了的内容。一边念一边号泣。碰见熟人，就在熟人面前站定，大声念着哭泣。

熟人也跟他相应和。

到达河边时，父亲的哭叫声高亢到了顶点。

两名和他一样打扮的熟人跟在他的后面。婴儿被父亲抛向河中时，这两名友人同样大叫。

白布一开始还在近岸处来回漂荡，不久就载沉载浮地顺流漂走了。

这时，我又看到一幕难以理解、奇怪之极的场面。父亲并未目送自己的孩子，将死婴托付给河流后，他跟前一刻已判若两人。

前一刻还那样呼天抢地的人，后一刻就和两个友人闲聊起来，更可怖的是，还不时露出笑脸。

实在搞不明白。

就这样带着满心疑问，目送叽叽呱呱说个不停的三人离开河岸。

这些无法解释的行动，走出沙漠的时候，我似乎突然都了然了。

那时，他们的情感就像熔化的铁浆般柔顺地流进哭泣形状的模具中。作为一个人，他们仅仅是让自己合乎哭泣这一形式；痛苦的表现也许和痛苦的主体是脱离的。

或许这一切所呈现的是一种非人性的道德，这片荒凉的大地之上，人有限的肉身必须受自然的道德制约，否则便无法生存。

譬如五千年来，祖祖辈辈耕作同一块土地的农妇常常开口大笑或怒气冲冲。仔细想想，她们的表现多半不能反映情绪的深浅。对这些人而言，喜怒哀乐等人类生活中最深刻的情绪，就好像自然界中的一个个物体。

每一种人与人互动产生的情绪，不过是启动根植在他们潜意识里有如自然物般喜怒哀乐的触媒。亦即形式……他们将自己服帖地套入喜怒哀乐中加以表现。因此，他们感情的表现不像发达国家的人们那样私密，一切都只是形式。

他们只在形式容许的范围内呈现自我，除此之外的个人情绪……其实是看不大出来的。因为在荒凉的大地上，若非如此无法存活。

他们的肉体就像组成风景这一形式中的一棵小树，风吹的时候，只能顺着风的方向张开胸臆，哪里还顾得上抵抗风霜。风吹来的时候，树上的叶儿也应和着风的强弱颤动。当风吹过，如同一道弧线再度回归为风景的一部分，树叶也静止下来。

第二次印度之旅，我似乎看见了印度的土地与印度人表象下的真实。

如今回想起来，一九六八年我首度走访印度时，曾多次遇到像风景中的一棵树一般活着的印度人，过着极为典型的印度式生活。

在印度次大陆东北部喜马偕尔邦的一隅，我和一位苦行僧结伴下山。在距离山脚三分之一左右的地方，走上一个视野开阔的悬崖，虽说刚刚十月，但在那样的高度上还是寒风刺骨。我为了避开冷风继续向前走，苦行僧却在崖边停下，正面迎向山谷吹来的寒风，一站站了很久。

同行路途中拉开一段距离也是常事。我们再度走到一起的时候，他看着我说："新也，我变成刚刚那阵风了。"

看到他曝露的性器在寒风中缩成一团，我只顾掩饰自己的尴尬，他讲的话自然听过就忘了。只是虽然他的嘴唇乌紫，一直颤抖，表情却非常笃定，两眼炯炯有神，教我很是讶异。与苦行僧的这句话邂逅，是在两年多前。

所谓邂逅，多数都在无知无觉的情形下发生，于不经意间被永远忘却。这支两年多前刺穿我肉体的锐利的言语之箭隔了这么久才开始在肉体的某个角落疼痛起来，到底是因为那句话蕴含的生命力惊人，还是自己神经太过迟钝，我也说不清楚；我却忽然生出对那句话的莫名兴趣，再次踏上印度之旅。我没有特意带着这句话上路，准确地说，是那句话在旅行中自己苏醒了。

继续上路……每一次踏上旅途，我总是更清楚地看见自己，以及多年来自己所熟习的世界之虚伪。

然而同时，我也看见其他美好的事物：我看见以巨大榕树为家的无数生灵，还有它后方涌升的大片雨云；我看见亢奋的大象抵抗人类，还有制伏大象后斗志昂扬的少年；我看见将象与少年重重围绕的高耸森林。这世界，如此美好。大地与风，充满野性……花与蝴蝶，这般迷人。

我在路上。遇到的人有的顽劣得令人感到悲哀，有的形容枯槁、颜色惨凄；有的滑稽，有的洒脱；有的绚丽灿烂，有的高贵至极，有的粗暴鲁莽。这样的世界也不错。旅行是一部无字的圣典，自然就是道德本身。沉默俘虏了我，是的，从沉默发出的话语俘虏了我。

不拘善恶，一切都是美好的。我凝视这一切，捕捉当下的实相……并让它们原原本本地映照在自己身上。

看着地平线生活的动物，能立刻察觉自己半规管的故障。我直视地平线这部无言的圣典，马上可以发现自己为何没有站得笔直。

接着，从其他角度解释印度教的机缘也成熟了。我终于领悟，为何圣典没有在这个宗教（生活）中扮演重要的角色，以及为何这沉重的宗教无法像其他宗教那样以燎原之势散播到世界各地。真正的原因是，它没办法透过语言或文字完整地传递。

就像我们无法搬动喜马拉雅山，也无法改变恒河的流向让它流到日本一样，印度教也无法轻易搬移。它是名副其实的沉重的宗教。

我可以大胆地说，凝视地平线即是印度教。捡起散落身边的石砾、岩块之类的东西观察，即是印度教。以双眼追踪月亮从升到落的轨迹，也是印度教。走进河水，将身体浸泡其中是印度教。踏入沼泽，以泥浆涂抹全身是印度教。亲吻眼镜蛇的头是印度教。像瑜伽士一样倒立着仿佛和平时头上脚下站着一样轻松，是印度教。如河水般流动不居——亦即旅行，是印度教。如如不动就像树下的佛陀，是印度教。尝试歌咏、嗅闻、描绘、静观、抚触甚至嚼食一朵花，穿衣、裸身、看、不看、存在……这一切的一切，全都是印度教。

简单讲，所有我们不断失去的事物，不管取其中哪一样来看，都是印度教。

正因为这些都太过接近真实本身了，所以无须特别标明印度教这一字眼。这也是我在印度时没有从一个活生生的印度人口中听到这个词的原因。只要印度人没有动辄提起印度教，大概就表示印度教还好好地活在人们心中。

印度教没有圣典实在是一件愉快的事，湿婆、黑天之类的神话在我们看来并不是印度教；至少不是二十世纪末的印度教应有的面貌。二十世纪的印度教完完全全是无政府主义的；是与沉甸甸的菊石① 一般真实存在的无政府主义。所以说，世纪末的今天，印度教这个词已经死了。与此同时，这沉重的宗教又在人们心中无限地活着。

那是荒凉大地上培育出的道德，是被自然所影响的律法之具象化，也是对所有实存之物的宽容。对他们来说，与其相信被规范整理过的人类语言的细枝末节，毋宁是对充满矛盾本质的万事万物无批判地接纳，虽不免混沌无序，却理直气壮。

于是我走着……我与旅行中存在的事物的关系，不过就像我与眼前的树木之间的关系。

走累了，就随便在菩提树之类的大树底下坐一坐，或是让疲倦的身体以舒服的姿势躺下来休息。头上呢……

天空，树叶，叶与叶的间隙，风，在树与树之间跳跃栖停的小鸟……拍翅、鸣叫，然后正好一阵风吹来，成千上万的树叶像涟漪般荡开。这个时候，风和大树第一次发生关系。仅此一次，风通过群树后，每一种力量再度分道扬镳。叶尖的朝向多种多样，数不清

---

①已灭绝的古生代头足类海洋生物。

的树叶占据了一方空间，风吹进来，树叶的涌动决定了风的形态。

由下而上，由上而下，由右而左，由左而右。紧接着，有的温和迟缓，有的激越快速；有时两阵风互相缠绕；坚硬的、柔软的；圆润无边的、有棱有角的；还有粗暴的、在树与树之间粉碎消失的……我默默地侧耳倾听。

我这头来自日本的猪，为了拥有像树木一样理解风的能力，用尽一切力气倾听。

毫无用处，痴肥到冒泡，全身沾满了自己的屎尿，被宰也没有感觉的迟钝的猪。

一只开始信仰好东西的壮硕的猪，嗯，我说的是一个来自法国的嬉皮。他想去拉贾斯坦一座祭祀地方神薄伽梵① 的神殿，却被祭司拒绝。嬉皮士非常生气地说："我不过是想参拜一下神明，难道神明只属于一部分人吗？"

祭司听了满脸通红，回答他说："这座神殿里的神明，是为护佑附近居民的生活供奉的。既然你那么想看神明，我就告诉你，神明到处都是。树里有，岩石里有，河流、山岳，甚至路边那些小石子里也都有。你□薄里面有，眼睛看到的一切的一切也都有！"

这□猪仔很幸运，血液循环良好，我亲眼目睹它一边哼哼叫着一边走进双□看到的一切之中。

①印度教中最高神祇，□对真理的化身。

鸭

翻阅地图，恒河出海口沿海岸南下大约五百公里的地方，有一小片东西长三十公里、南北长六十多公里的洼地。从形态上，说它是湾或湖都能说通，地图上的标示是吉尔卡湖，叫它湖应该没问题吧。在印度，吉尔卡湖绝不是什么家喻户晓的地方。一般来说，印度人问你去哪，如果你说去吉尔卡湖，大概没有一个人知道你说的是哪里。在地图上指给人看，大概要一杯茶的工夫对方才能搞明白；当中还有人是生平第一次看到印度地图，难免让我的说明陷入一阵混乱。更夸张的是，这些第一次看地图的人对地图的概念一无所知。"喂，少年啊，我们这么大一片土地，是要怎样才能放到一张纸上面去呢？"

要想理解他们这句话，必须弄清楚属于他们的浩浩荡荡的过去。

总之，看得懂地图的人即使已经确认了吉尔卡湖的位置，也不会走开。"为什么"——我已经快被这几个字搞得过敏了……"你要去哪里"也是一定会被问到的。他们是连有人吹口哨都要问"为什么"的超爱刨根究底的人种。如果他们不问，我反而觉得奇怪。至于我，根本没准备好该如何答复；首先，我手上没有任何吉尔卡湖的资讯。想去那里是因为我旅行有一个怪癖，看到地图上有比较特别的地形地貌，就忍不住想去瞧个究竟。拜访吉尔卡湖的计划，可以说都是拜这个怪癖所赐。

一月下旬，我搭上由南方的马德拉斯豪拉开往加尔各答的火车，前往吉尔卡湖；但到底该在哪一站下车才能一亲湖水的芳泽却是个大问题。我查了查手头的盗版地图，最近的车站应该是卡里寇塔，但离湖还有十公里远。于是我在马德拉斯车站找了更详细的地图搜寻。有了。在卡里寇塔和吉尔卡湖的中点附近，有一个叫作巴卢加奥恩的小站。之所以判断它是小站，其实仅仅是因为我的地图上没有印它。马德拉斯车站的问询处通常会说，那是"迈索尔附近一个风景非常优美的地方。"原来，印度有两个地名的发音都是巴卢加奥恩，其中家喻户晓的一个与我想去的那个默默无闻的小站方向完全相反，是一处观光胜地。

我搭乘的是一月二十七日早上八点半发的三等慢车。照例被坐在前座一个生意人模样的男子问"你要去哪里"。按说回答加尔各答就没事了，但我还是将"巴卢加奥恩"脱口而出。他慌张起来："去巴卢加奥恩不是这班车。你应该搭往班加罗尔的夜车，然后在贡塔卡尔转车；要不就是在马德拉斯埃弗勒斯饭店前面等长途巴士……"他尽在我面前多管闲事。鉴于我过度冷静，毫无反应，火车快开的时候他终于忍不住了，要把我拉下车。

这下换我慌张了。他想把我的行李搬下车去。

我在车门口从背包里取出地图，给他指了巴卢加奥恩的位置，但我那份地图上并没有印这个地名，他更加怀疑我搞错了。由于我们讲话的声音越来越高，很快聚过来几个好奇的家伙。这时，我突然想到一个好主意：把车票拿给他们看不就好了吗？上面明白写着巴卢加奥恩以及车次名称。人潮拥挤中，我好不容易才把车票递到那位绅士面前，我看到他两片鼻翼一阵痉挛。终于又回到原来的座位上，发车铃声响起，我决定跟他来个胜利的握手。他那狐疑的表情还留在脸上，一边吞下失败的苦果，一边挤出复杂的笑容，向我伸出手来。

我从未见过如此安静的湖泊。尤其是那个微寒的早晨，阳光尚未降临的湖面有如镜子般波纹不兴。远处上下翔舞寻索早餐的鸥鸟轻轻拍翅激起的涟漪都可以将湖水推涌到脚边……如此时刻，平静无波的水面能让我感应到鸥鸟展翅的微小力量。以清早六点为界，东方地平线上开始浮现朝阳的光点，不过几分钟时间，湖水的淡蓝便迅速取代了红晕。这时的湖面就像处女的肌肤，直截了当地反映外界的一切征兆或变化。等到太阳突然冒出来打破这一切柔美的均衡时，湖水显然被撼动了，教人联想到巨大林伽[1]的太阳开始以煌煌烈焰燃烧湖水……

---

①印度教某些派别崇拜的男性生殖器像，造型中央有一根柱状突起的石磨；与之对应的是象征女阴的"yoni"，造型如中央凹陷的石磨。

迅即染红了整个湖面。

偶尔，这种临时起意的旅行也会将我带到与我的想象一致的地方。这湖……美极了，更重要的是，她如此温柔地洗涤我历经长旅后疲惫已极的身心。

第四天清早，外头还一片漆黑。那天，我为了完整目睹湖上黎明的降临，一起床立刻准备出门。一月的清晨稍带寒意，踏出门时天色还有点黑，但四下已经微亮，朝湖岸走了大约五百米，我发现一直有人窸窸窣窣跟在后面。凝神回望，隐约可以看到两名男子的身影。其中一个个子略矮的人肩上似乎扛着一根类似棒子的东西。由于这是初次造访，我有些不安。他们更接近我的时候，我开始害怕，因为那像棒子的东西其实是一支来福枪。不过待彼此靠近到可以清楚看到对方的脸时，反而是他们更加惊慌起来。在一个鸟不生蛋的地方，天还黑幽幽将亮不亮的时候，竟然冒出一个奇怪的外国人，他们受到惊吓也是可以理解的。看到他们不知所措的模样，我笑了笑，用印地语说："我是日本人啦！"

那位没有扛枪的高个男子先回应了我。他似乎略通英语，两撇连在一起的一字眉挑上挑下，自顾自地说了一堆话。他看上去有点上年纪，是个爽朗的家伙。

我问他："这么一大早，要去哪里呢？"

高个男子对着旁边那一直沉默不语、却用眼睛把我全身上下打量了一遍又一遍的矮个男子的肩膀乒乓拍了两下，又模拟举枪射击的姿势说道："砰！Dog！"

我吓了一跳。Dog，不就是狗吗？我向他确认："Dog？"他自信满满地回答我："Yes！"

这可不得了了。我根本无法想象印度会有人拿枪杀狗。

"为什么？"

"吃。"

我满腹疑惑地跟着他们来到湖边，看着他们踏上一艘细长的舢板，开始窸窸窣窣地做一些准备工作，心中再度充满好奇。

"Dog 在哪里呢？"

高个男子将一根长竹棒拿到船上，伸手指向湖中央。离太阳升起还有一小时左右，顺着他指的方向，勉强可以看到湖面有些泛白，从湖面到湖岸平静无波。持枪的男子站到船艏，凝神盯视朝雾弥漫的湖面。

而我还是一头雾水，想看看他们口中所谓 dog 的真面目。

于是撑着长竿的船夫、猎手和我，搭着全长仅四米的细长舢板，航向清早的湖心。

挺进约十分钟后，我们完全置身寂静的单色风景当中。浓浓朝雾阻绝下，湖岸像浅紫色幻影一样横陈远方。唯一听到的便是竹竿划水的唰啦声。美国产的老式单发来福枪被丢在甲板上，发出黑色光泽的枪身被一层细细的水雾包覆……有点冷。

猎手一动不动地趴在船头，让视线尽量贴近水面，定定看着前方。

船夫则继续默默撑篙前进。

大概又过了十分钟，东边的空中突然传来一些声响。开始是一阵沙沙声，我还以为下起了阵雨，疑惑间，声音已经从我们上头掠过。

猎手依旧趴在甲板上，用力扭头看着天空；船夫也停下竹篙仰头观望。这时猎手看看我，压低声量快速说道："Dog！"

他的双眼微凸，眼睛里都是血丝。

我们都抬起头看着天上飞过的东西……并静静地倾听。

那是野鸭（duck）。

呱、呱、呱、呱、呱、呱！

鸣叫声打破了沉寂。

成百上千只野鸭……它们柔软的羽翼御风而过，层层叠叠，在虚空中发出澄澈的回响。

我们静默地听着、看着这一切。

大概是五十米高的上空吧。浓雾让视觉失去了距离感，眼前的景象好像是从自己薄薄的眼皮上滑过似的。那仿佛是极遥远的彼方，和这个世界完全隔绝的他界发生的事。

不管怎么说，就是，超乎想象的……美。

我们只能静静目送鸭群飞过微明的天空。

湖水安静极了。

野鸭队伍远去后，我们一时还是说不出话来。

船夫没有撑动竹篙，但小船还是在惯性的作用下缓缓滑走于湖面，从船舷向外扩散出一圈圈涟漪。

猎手以眼神向船夫示意，不久即传来竹篙划水的唰唰声，船行也快了起来。

这是我生平第一次亲眼目睹野鸭成群飞舞的场面，总觉得这一切都很不真实；也不禁浮起一个悬念：人真的可以将那样如幻似梦的东西捕捉到手吗？

舟朝东南，在湖上行进了十五六分钟后，似乎已经抵达他们预定的地点。猎手和船夫热络地讨论着什么，大概与接下来的行动有关。接着，船艏朝北走了五分钟左右，猎手的表情渐渐紧张。他依旧趴着，指着前方的湖面对船夫说了些话。

"那边有是吗？"我问船夫。

船夫俯身到我视线的高度，指指远处。

那里可能有不少野鸭浮浮沉沉，但我一只也看不到。我朝他做了一个"看不到"的表情，船夫用姿势告诉我，一定要让视线尽量贴近水面。我上身探出船舷，照他的说法凝视前方，却一样只看到雾气笼罩的湖水。

我又朝外探了探身，脸几乎都要碰到水了。船夫拍拍我的肩膀，夸张地睁大双眼道：

……别再往外探了，船会翻掉……

这时，猎手的表情显示"不妙"，叫船夫蹲低一点。船夫在船后头放低身体，把竹篙换成一柄小桨。两人将说话音量降到最低，船继续前进。

小船在湖上不断改变方向，滑行了相当一段时间。

突然，上船后一直趴着的猎手直起身，改为半蹲。然后好像紧急状态解除了似的，大声说起话来……船夫也放下木桨，点燃廉价的印度香烟比迪。

"到底怎么了？"

"鸭子飞了。"

我揣摩着船夫的话，对照他的肢体语言，他应该是在说"整群野鸭已经不见踪影了"。

我很震惊。

在我毫无所觉的时候，鸭群和小船玩了一场捉迷藏。猎手看到了野鸭，野鸭也看着小船的动向。此刻湖上唯一迟钝的生物无他，正是本人。猎手对我比了一个"今天不行了"的手势。

不过我心里一直有个疑问。

问题与这位名唤谢克哈伦的三十五岁猎手的随身配备有关：为什么他扛着一管枪，却好像没有带子弹？他指指枪膛，告诉我子弹在里面。

"只有一发？"

"够了。"

也就是说，他身上只带了一支美国制造的旧式单发枪和一枚散弹，还有潮湿得基本点不着的火柴和一束五支总价不到一日元的便宜卷烟。仅此而已。

依照船夫的说明，我理解如下：

打猎的最好时机一天只有一次，打到一只这天的工作就结束了。红头野鸭最值钱，可以卖五卢比，绿头的不太值钱，三卢比；散弹一发要价一点五卢比，如果抓一只野鸭用了两发子弹，红头鸭还能赚个两卢比，绿头鸭就只能抵两发子弹的成本，等于白忙一场……

他们的生活何等苛酷！我对自己刚刚一派轻松地搭人家的船感到无比羞耻；也难怪我跟不上野鸭和猎手的追逐战了。今后再看到谢克哈伦服服帖帖趴在船艏甲板上的模样，不许再感到可笑了。我告诉自己。

离太阳出来还有片刻，但雾已经散了，周围变得相当明亮。这样的情况已经不利于打猎。谢克哈伦本已打算放弃，但还是决定在小船划回湖岸前再对湖面进行一次搜寻。

他有好一阵子放低身子不动，比刚才再远些、稍稍偏西的湖面上似乎又发现野鸭的影子。猎手一边凝望，一边和船夫低语；船夫没说话，撑舟滑向下一个野鸭群聚休息的地方。看来他们想再试一次。

此时雾气已经次第散去，即使我的眼睛不怎么样，也可以勉强认出野鸭的身影。

三四百米外的水面上，隐约看到类似细横线的东西，稍带着淡黑色。这也是要经由别人指点才会看到的，想进一步确认是野鸭群，非得累积相当的经验不可。

湖上的鸭群，比从我们头上飞过那群离得更远，辨认也更加困难；不过看着那条黑色细线，我稍稍放下心来。

刚刚飞过头顶的鸭群，离我此前的现实生活实在太遥远了。那不是鸭群……在我心中，它们甚至与鸟的概念无关。我脑海中浮现的，不过是飞翔这一动作。

想要捕捉它们，这猎手也未免太痴人说梦了……四肢着地趴在甲板上，和天上飞的东西呈两个极端。我看着谢克哈伦那滑稽的屁股，不禁这样想。

此外，出现在我们眼前的鸭群……或者应该叫它幻影。这幻影竟在我毫无察觉的时候，和这艘破船捉起了迷藏。听猎人们这样一说，我才意识到，世界上还有这样的东西。

现在，它终于出现在我这个睁眼瞎的面前。

小船在湖面滑行，慢慢靠近那些天上飞的东西。

• • • •

到底是猎人出于生活的必要而采用了那样的战术，还是野鸭展现了优秀的求生本能呢……我想，最有可能的是两种动物长期生存斗争的结果。总之，这些鸟类和人类的角力，着实令人动容。

小船划到离鸭群两百米左右，突然转了个九十度的大弯，好像要前往湖中央的小岛。这是故意做给正从远方盯着这边的聪明野鸭们看的。前进了五十米后，谢克哈伦保持趴着的姿势，像螃蟹一样横移到船中央。他右手抓着来福枪，从野鸭看不到的一侧慢慢卜到水里。

我不知道他要做什么，唯有屏息凝神观察。

这是一座有趣的湖泊。南北长六十公里，东西宽二十公里，但即使在距离湖岸很远的地方，湖水深度依旧只及矮个猎手的肩膀。

谢克哈伦下水后，立刻将来福枪的枪身中段置于右肩，黑色的枪口恰好从嘴巴的高度伸出；左手从下方托着，以免枪身下垂。露出水面的脸微微上仰，不让猎物从正面看过来立刻辨识出一张人脸。

太厉害了……他用一把枪、两只露出水面的手掌和须发散乱的头脸，拟态成一只鸟。

接着，这只不可能飞上天空的冒牌鸟又做出令人惊奇的举动。

这只冒牌鸟以不逊于真正水鸟的速度在水中移动。

而且还真快。

谢克哈伦……不，应该说那个变成鸟的人，一下就离船很远了。他那吓人的嘴朝着真正的鸟群方向，迅速切过水面前进。

我……只有一阵讶然。

我很想对谢克哈伦的精彩演出表示敬意，可看着他那颗移动的头，突然有个诡异的念头从心头涌现。

人类的种种行为，是否皆如此滑稽呢？

人类的一切努力，都是这样悲怆不堪吗……

我无言看着那颗快速移动的精巧的头……那只冒牌鸟。

不管如何，我对着这位正直无伪的人类的代言者，内心默默念道："祝福你了！"

小船依旧迂回前进，以扰乱野鸭的判断。

我们和谢克哈伦的距离越来越远……没多久，那只小小的冒牌鸟的雄姿就从我们的视野中消失了。

我和船夫渐渐有些意兴阑珊，在湖上走走停停。

同时也默默祈祷，计划在我们看不到的地方顺利进行。

湖面……一片阒寂。

是在船夫懒得再划，放下木桨的时候；还是我开始觉得冷，想披件外套的时候，我已经不记得了。

突然……谢克哈伦所在的方向传来枪响，霹雳船划打破了湖面的寂静。

与此同时，大量野鸭从湖上惊飞；附近的鸭群也随之纷纷飞了起来。

湖上一阵骚动。

……我看看船夫。

船夫像每个印度人都会做的一样，头微微朝左肩的方向歪一下，露出笑容。他以肢体语言告诉我："成了！"

我也牵动脸颊的肌肉，对他笑了笑，以眼神回应："太好了！"

几分钟后，两百米开外的湖上出现一个小黑点。

……是谢克哈伦没错。

看着黑点，我突然有一种不祥的预感。

他会不会失手了？

我越想越觉得不对劲……看着那缓缓接近的小黑点，已经沮丧得快要抬不起头。

或许是这么一个小黑点相对于巨大的湖面，总让人觉得太微不足道了。

何况枪如此老旧，而且子弹只有一发。

更何况，刚刚从头上掠过的那不属于这个世界的东西……怎么可能落入我们这些凡人之手？

谢克哈伦游到离我们五十米的地方时，我感觉自己的担忧已经变成了事实。他的手上没有鸭子。

谢克哈伦好像累坏了，走得很慢。他把枪横在头上，用右手抓着。

……面无表情。

看得出来，那是长时间模仿野鸭的姿态导致的疲惫。

我替谢克哈伦觉得可怜。再度坐回甲板上，看着他慢慢游近。

……他一定很冷。

我摸摸口袋，想用手帕帮他擦擦身体。

我瞄了一眼东边逐渐转红的天空。

耳边是水中和船上人三言两语的交谈。

这时，甲板发出沉沉的一声"咚"。我赶忙转过头来。

一只野鸭……

没错，一只如假包换的鸟。

小船一阵摇晃……

谢克哈伦爬过左舷，回到船上。

我激动极了。

忍不住拍着他的肩膀，用日语说："谢克哈伦，你太厉害啦！"

他的身体是冰冷的。

表情僵硬，牙齿止不住打战。

不久，船夫再度撑起竹篙，从一切都已结束的寂静的吉尔卡湖一角，唰啦唰啦地缓缓朝西边的湖岸前进……

我看着被随手丢在甲板上的野鸭。

一支长长的鸟羽贯穿野鸭两眼，绕成一圈在两端打了个结。

这样方便猎手用左手手指勾着携带。

从眼睛到脖子都冒着血泡。

野鸭……还活着。

……

即使奄奄一息，而且双目皆盲，它仍试图飞走。

野鸭无意识地拍打着被血与水濡湿的翅膀。

然而它也只能在我眼前的甲板上四处翻滚。

它再也不是那可以高高飞到金轮彼方的神奇的生命了。

湖上的雾散了……再没有任何暧昧物事存在的空间。

当东方地平线显现日出的征兆时，我轻轻摸了摸野鸭湿濡的胸部。

那里还留着逝去的生命若有若无的微温。

黑鸢

　　刺耳的引擎声和夸张的黑烟，将漫步在村子入口深褐色的小山丘上或停栖在榕树上的孔雀吓得惊慌失措。这些吉普车和军用卡车不时载着军人从东边过来，让村子里喜好玩闹的小孩兴奋不已。因为在这个鸟不生蛋的村庄，平时根本没什么像样的事可做……坐在卡车上、胡子沾满了灰尘的英雄们，甚至来不及回味招待他们的奶茶香，就一阵风似的走了。

　　村落广场干燥的白色细沙地上，留下几道凌乱的车辙……那些依旧兴致勃勃的赤脚小孩追着车轮的印迹，嘴里模仿着引擎的噗噗声。

　　升到空中的黑烟终于消失的时候，孔雀再度飞回深褐色的小丘上，拖着长长的尾巴四处漫步。

　　说不定我当兵的孙子也在车上呢？那个老得头脑不清的爷爷，该不会又梦到不可能发生的奇迹吧……成天昏昏欲睡的染布店的老爷爷在广场入口的茶摊上抖擞了一下精神，然后起身一拐一拐地走上回家的路……这大概是今天这一阵骚动的尾声了。慢了半拍的阵阵冷风从东边吹来，掠过空无一人的广场。

没有任何变化的日子不断重复。

就像佛寺的住持总是念念有词地捻着裹了一层手垢的念珠，一颗、又一颗，一天、又一天，日子来了复去，并无新事。

在我一月来到普什卡村之前许久许久，这里就没有下过一滴雨了。

尽管如此，湖畔多少含点水气的土地上，还是茂密生着牛羊可以吃的各类杂草。

长脚的鹭鸟在水岸没有长草的泥沼地带聒噪嬉闹、跳跃起降，在烂泥地上留下许多枫叶形的小小足迹；食物较多的地方则有零乱杂沓的爪痕，鼠灰色的湿土上尽是类似阿拉伯风格的纹样。

半个月后，草地上竟处处冒出拇指尖大小的黄色花朵。

每天，白色瘤牛群都会来这里觅食。

一如蒲公英的花朵会在无风的大地上四处浮游，白牛们也日复一日随兴去来。

总是剃着光头、只在后脑勺留一撮三厘米左右猪尾巴似的小辫、穿条纹长裤的调皮少年每次经过这片草地，吃草的瘤牛都警觉地盯着他的动向。稍不注意，就会被他扯住尾巴，或是被自己的粪便涂得满嘴满脸；小一点的牛还会被他骑着玩，总之他就是爱把这些牛捉弄一番。

落在草地上的白牛影子往东边拖得老长时，一天的黄昏就又降临了。

二月上旬的太阳即使在沙漠地带，也不让人感觉到热。普什卡湖的微风不时轻轻拂过，在湖面激起细细的涟漪；在这样的冬季，舒服地吹在皮肤上，毫无凉意。

牛群每天都会来吃草，那个赤脚的少年也会每天顶着阳光下闪闪发亮的头，好几次穿过草地。

天地和谐共存，一切都很美好。

而如果你在白色牛群对面的湖水中看到刀刃般的冷光闪烁，那是鱼。村民们不懂得吃鱼，所以湖里鱼满为患……就算有鱼蹦到岸上也不奇怪。

或许是因果相报吧，那些不知死活、乱蹦乱跳的鱼下场也不怎么样。如果没有村民正好经过把它们丢回水里，它们当天就会被烤成鱼干。

我在这里总共遇到十三条流浪狗，多数因为吃不饱而骨瘦如柴，唯有一条有些肉，理由很简单，它吃这些搁浅滩头的鱼，简直是条老鹰般的狗。

往那些活蹦乱跳的鱼发出的银闪闪的光的方向看过去，如果看到红色、黄色等鲜艳的色彩，那肯定是村里的妇女在湖畔石阶堤岸洗濯。想一睹这令人脸红心跳的场面，首要条件是前一晚一定要早点就寝。

她们沐浴后通常会把换下来的纱丽在湖水中浸湿，然后在石阶上拍打洗濯。

洗好的纱丽挤挤挨挨地摊开在堤岸上方，她们随手捡几颗石头压住四个角，以防它们被风吹走。衣服晾干之前，是她们叽叽喳喳闲话家常的时间。

如果有一阵风吹过湖面，那些红、蓝、黄各色半干的衣物，就会像水面的涟漪一样起伏。

要是一件晾干的黄色纱丽被风吹走……你会看到一个大婶慌忙从闲聊的人群中起身，大声嚷嚷着追着纱丽跑。几只乌鸦被大婶的声势吓到陆续展翅高飞……天空蔚蓝。

起飞的乌鸦没有目标，发出粗粝的"啊——啊——"叫声，有一搭没一搭地拍着翅膀，随兴飞过湖泊，停栖吃草的瘤牛背上；孤僻些的则又落回原来的石阶……还有三四只年轻矫健的结成一组，不知道想起了什么，朝村子西边的擂钵形无趣光秃秃岩山奋勇飞去。

到了二月十九日，从早上开始，村中原本单调的风物多多少少有些将要发生变化的征兆。这里信奉的神祇薄伽梵的祭典即将举行。祭典本身规模不大，而且简陋；但也足够给这个每天都沉闷无趣的地方增加一丝生气。

东方的天空现出鱼肚白时，环绕普什卡湖的那片白色家屋中市场大街的位置交错传来咚、哒吧、咚、哒吧的鼓声。

到了接近中午的时候，鼓声中还加入了长长的铜制唢呐的声音。

"哔呀——咚、哒吧……哔呀——咚、哒吧……哔呀——咚、哒吧……"包括一个胖女人在内的三人乐队带头出发，后面跟着缠头巾的男人、抱婴儿的妇女，当然也少不了一些顽皮的孩童；总共二三十人，边走边叽叽喳喳说个不停。队伍最后是一条瘦巴巴的流浪狗，以为人多的地方一定有什么好吃的，谨慎地踩着步伐前进……还蛮合唢呐和鼓声的节奏呢。

像晒干的蚯蚓般细长的队伍绕着沿湖而建的村落缓慢但执拗地行进，"哔呀——咚、哒吧……哔呀——咚、哒吧……"吹奏个不停。

有时村中到处都听不到鼓乐声……那就意味着游行队伍转到普什卡西边沙丘过去四公里处一个三十几户人家的聚落去了。

队伍尽了义务回来，又开始"哔呀——咚、哒吧……哔呀——咚、哒吧……"地绕着普什卡的大街小巷走。此时日已西斜，成群小鸟在空中啼啭嬉游。

有些人多少感到无趣了，歪歪扭扭的队伍就像蛀牙一样开始松动掉落，这里少了一个、那里走掉两个……最后连那些瘦巴巴的狗也陆续脱队，让祭典的庄严完全走样……只剩下五六个赤脚的小孩，等着游行结束后发的西洋奶糖，前前后后地跟着队伍走。

村里近二十座印度教庙宇一如往常、此起彼落地敲起宣告一天结束的钟声，游行队伍还在"哔呀——咚、哒吧……哔呀——咚、哒吧……"地穿街走巷。

不久天光渐渐消失，连小鸟们的游戏也不得不告一段落，围着直径约百米的小小绿洲普什卡村，也慢慢隐入夜色之中。

村子里到处可见、容易被错认为白色岩石的瘤牛，一动不动地蹲踞在地上休息。

咚、哒吧、咚、哒吧，夜色降临的大地上少了唢呐，只剩下两种鼓声，鼓声也失去了白日里的气势，只是随着万物的惰性无意识地持续着。

风景的轮廓在熹微光线中勉强维持，湖面的颜色更深一些，两种轻轻的鼓声像被刻在黝黑的空无中漂游，渐渐引入人们沉重的睡意中。

接着，暗黑天际突然传来孔雀们裂帛般的"嘎——嘎——"叫声，一呼百应，鼓动着村人的耳膜，巨大夜幕君临的时刻到了。

早晨……无疑从东边开始。

村子东北方和西边一样，有一座红褐色岩石裸露、高约两百米的擂钵形山丘。据说村民们自古以来深信，当第一道阳光照射在山顶的精舍上，白色土墙呈现粉红色时……那里就是整个普什卡最神圣庄严的地方。

整座村落以湖为中心，低于周遭的沙丘，所以白色精舍沐浴在清晨阳光底下相当一段时间后，整座村子才会得到太阳神的垂怜。

住在最最神圣的地方，却也是村里为数不多会睡懒觉的，是一个名叫帕·古鲁吉的破戒僧。他总是等到八点多阳光落在湖面上时，才睡眼惺忪地从精舍爬出来，对着早已亮得刺眼的太阳，"呜——呜——"吹响小小的法螺贝。

吹法螺贝最理想的时机本该是太阳射出第一道光芒的同时，"叭啊——"地一口气拉得越长越好。帕·古鲁吉大叔那样睡到八点才起，像要打通烟管一样"呜——呜——"地吹怎么都不太对劲。今天也不例外，应该一早就告知大家新一天降临的虔敬的声音，依旧没有及时传到村民的耳朵里。

"帕·古鲁吉呀，年轻的时候吹得可洪亮了，而且起得很早……小时候我们都是在床上听着法螺贝的声音醒来的……

"现在的声音就像母亲在耳边的轻唤……简直像贴在耳膜上似的……有人劝他找个年轻人接替……可他挺顽固的。"

饲养奶牛的人家，女人去村落南边的灌木林地割牧草的时间，应该是阳光尚未照耀古老精舍的清晨五点。不，比这还要早得多吧。因为我从来没有见到过她们出门时的样子。

她们通常将奶牛绑在自家门外，多半是一两头、顶多四头；增加奶牛产奶量最理想的饲料是茂盛生长在南边灌木林地的银合欢，每天早上将它们喂给奶牛即可。

当太阳照在湖泊西面的石阶上时，晨间没事可忙的女子就开始在那边盥洗戏水。对我而言，那才是真正的早晨；而这时采集牧草的妇女们工作已经告一段落了……

就算我身处建造在高台上可以俯瞰整个村落的此地唯一的廉价旅馆的房间里，将早餐的荷包蛋塞了满嘴的时候，看到南边灌木林地的方向走来一群装束奇怪、头上顶着超大一包东西，简直像……火星人般的生物突然出现，我也不会受到惊吓了。

因为，那些就是最先让普什卡的早晨热闹起来的、酪农家妇女们的丰姿啊。

她们以令人难以置信的平衡感，顶着直径超过一米的巨大草包，包裹摇摇晃晃……她们的头整个没入其中……如果牧草没有包好绑紧，走路时眼睛甚至无法直视前方。但她们总能轻松地回到自家可爱的牛只身边。

村子里有一头体躯庞大的泼皮牛，打嗝的时候即使离它三十米远都会被吓到，整天在大街小巷晃荡……酪农家的女子们最大的敌人，正是这头褐色的大水牛。

这头村子里独一无二的泼皮牛搞起恶作剧来真的很难缠；它一看到银合欢的队伍，就会偷偷绕到最后那位完全让草包盖住了头、仅透过一点缝隙盯紧前面同伴脚跟的女子后面，用嘴拉出露在外面的牧草偷吃。

一天早晨，我被酪农家女子凄厉的狂叫声吵醒……泼皮牛和认真的牧牛女之间，游戏已然开场。

"你、你、你！臭小偷！想吃银合欢就不要总是打嗝，像只正常的牛一样，给我产些乳汁，混蛋！"

偷草贼嘴里塞着满满的银合欢，却也没有完全忽视对方的愤怒，被骂了就象征性地闪开五六步，停下来大口嚼掉牧草，再继续四处游荡、打嗝。

此时，清晨的太阳已经将普什卡村里里外外、边边角角照得一片灿然，将一切生之演出粘在没有阴影的地图上……正午已经明明白白地要到来了。

太阳笔直地上升，街道、动物、人、树……仿佛一切都不值一提，只是苍白地摊陈着。这时的大地上……痛苦、辛酸、悲伤……好像都理所当然地展现着它们应有的面貌，横陈在那里。

在正午的阳光下照照镜子，你就会明白：无论是目睹晨间的闹剧爆笑到鼻翼两侧的法令纹深陷；还是在黄昏的静默中定定凝视湖面，使眉心印堂处像哲人一样皱出两道悬针纹，这一切都没有任何意义。我只能有点滑稽有点不好意思地安慰一下自己："喂，新也，你不过也就是个凡人罢了！"这样的时候，我经常面带困惑，眺望村子外头那些白色的沙丘。

那边应该有骆驼爱吃的茶褐色带刺杂草，像苔藓一样四处蔓生着。

无论什么动物，只要留下粪便，立刻会有屎壳郎飞来，将粪便囤成羊屎粒大小。

傍晚时分，脚上毛茸茸的蜘蛛沙沙沙地从杂草根部极易崩解的小洞里钻出来；有时还会出现颜色比细沙略深，形状怪异、头尾难以辨识的毒蛇。

不过烈日当空时，那里也就是普通的沙丘。

也许是血气方刚吧，我的心还是不时被名为人生的沉重冲击，一到这种教我无所遁形的正午，就会到夯土垒成的旅馆阳台上眺望风景。看了一阵子单调的沙丘，又突然觉得这样很没意思，于是改换心态，拿出日本带来的伸缩式十五倍望远镜，喀嚓一声拉开，用心观察风景的细节，就这样持续一小时甚至两小时。这变成我在普什卡期间不可或缺的日课。村里人看到我这德行，恐怕和市场自行车修理店的老板一样在心里嘀咕："一个特意把远方的东西拿到近处看的外国怪人"。

我特意将望远镜拉近了来看的有：每天都会到东边湖岸的薄伽梵庙前徒手挖掘湖底烂泥、偷人们丢下堤岸祈福的香油钱换晚饭吃的那个混蛋……两只来旅馆后院吃菩提树子的猕猴和为了争夺地盘一斗两个小时的鸦群……或是一个来自东北边喜马偕尔邦的裸身苦行僧，一天他在湖边"叭啊——"地吹起法螺贝，然后突然连续做了六十二个俯卧撑，随即倒立十八分钟，之后把两只脚以不可思议的角度折到脑后方，接着是蹲踞如雄狮，圆睁双眼、张开大嘴露出牙齿，最后用湖底烂泥涂满全身，又做了二十次俯卧撑。这些都结束后，他拿出六块干牛粪摆在自己周围点燃，口中念念有词，又对着湖面"叭啊——"地吹响法螺贝，余音尚未消散，人已经走入村中消失不见，真是神秘的苦行僧……偶尔会看到两个发生口角的男人，我完全听不到声音，只看见他们几乎就要大打出手，但又彼此克制地吵了许久……等等等等。艳阳高照的正午，用望远镜把一切拉近来看，一切都带着几分滑稽的意味。

　　我就这样花了半年考察正午的风景，这风景的细部有些好笑，放远来看又充满严峻的腾腾杀气；悲哀也好、快乐也罢，所有人生的风景，莫不带着嘲讽式的、双重歧义的性质。

　　那时的我，大概是二十六岁又十一个月吧。

　　据说我住的旅馆，是由过去割据拉贾斯坦的若干地方王族中一位名叫普兰古鲁第伯·纳吉·席喇拉的弱小贵族的城堡改建而成。

　　旅馆是ㄇ字形的两层建筑，上头是尖拱状屋顶，一楼正面的木门高达四米。此外所有墙面都由粉红色的砂岩砌成，充满城堡的味道。整座建筑都偏大，无论门窗、房间高还是宽，墙壁的厚度足以抵挡夏日的骄阳。从一楼历史最古老的房子里间伸手够墙外门边的窗子是办不到的，可以想象墙壁之厚。这里夏季极热，人们只得尽量把墙砌厚，以隔绝暑气。

我住的二楼房间是后来增建的，但墙壁厚度也超过五十厘米，仿佛所有的东西都可以放在窗台上：装饮用水的陶罐，市场买来吃剩的木瓜，总是播送怪腔怪调印度歌谣的廉价便携式收音机，湖边捡的死鱼干，孔雀翎，一截牛脊骨，还没吃的鲸鱼罐头，中国产猪毛牙刷，加味牙粉，插在水瓶里面的各色花朵……从这些杂物上方往窗外看去，透过不平整的还带着绿垢的玻璃，风景被横切成许多小块。只有下午四到五点这短暂的时间里，太阳倾斜到一定角度时，阳光才能打在窗上，让旧式窗玻璃中残存的无数小气泡像星星一样闪闪烁烁。等这些闪烁不再，斜射进来的红色的夕阳便将随意放在窗台上的杂物收摄到红色的光和长长的影子中。窗边仿佛自成一个世界，不拘早晚，光影变幻，静静推移。

这样无趣的日常，大概连乌鸦都会叫道"够了吧"；而再笨的人也可以将每天的变化背得清清楚楚了。就是这样的日子，一成不变，重复再重复……随着天地的法则运行，创建，然后解体，不生不灭。

我住的房间是这样，村子、湖泊、沙丘，都是这样；一天又一天，不着痕迹地变化着。

于是我就这样记下一天中的推移：窗、房间、湖色、沙丘，以及一座座屋子、花草树木、所有活着的东西……还有其他一边变化一边淡漠重复着的一切。我从一个固定的视角出发，将万事万物的诸多细节样态默默记忆。

同样的东西看过太多次就会想吐，我也拥有这种文明创造出的特异胃壁。那么，这样的生活中，是否出现了其他令人忧心的生理异常呢？出奇幸运的是对我而言，只要那些风景里有野玫瑰的香气之类适度的刺激，诸神的造物便都会富于一种幽默……我发现，日子在抹消每天记忆的黑暗与静寂中隐没销蚀，到了早上，又不死鸟般降临在我眼前。

我对生理学、心理学、生物学、物理学、地质学、考古学、天文学，或是其他学问没有特别的兴趣，每天在铺着轻柔百衲被的床上起居，早上醒来就哗啦哗啦地漱口。屋檐下的斑鸠咕咕叫唤，不会有人送来报纸，我自己煎个荷包蛋来吃。沙漠里的鸡瘦骨嶙峋，蛋也很小；每天早上，我和旅馆主人穆罕总免不了因为鸡蛋大小发生一阵小争吵。穆罕觉得，无论大小，鸡蛋就是鸡蛋。所以每当那只营养不良、跛着一只脚的茶褐色母鸡又恬不知耻地下了一颗"鹌鹑蛋"，穆罕就要照样收我三十派萨。

旅馆总共十六间房，间间都大而无当。至于房客，永远只有我一个；唯一的例外，就是一次从东边来了一对夫妇，带着孩子住了一宿。常用的客房就六、七、八号三间，其他都尘灰满布。我住的是二楼的八号房，附带一个摇摇欲坠的石砌阳台，一泊九十日元。

从二楼俯瞰中庭，总会看到穆罕（三十二岁单身）一个人包办做饭、会计、喂鸡、服务生等工作，在那里咄咄咄、唰啦唰啦地做木工。穆罕做的收纳箱意外地蛮有品味，这份工作是他每十天会来宣教一次的叔叔、也是他口中的"大古鲁吉（伟大的导师）"建议的："穆罕啊，你这边客人不多，闲着也是闲着，不如找点活儿做吧。"于是他就动起手来。

他接受村人的订制，也会做好四五个一起载到附近的大城市，出货给那里的箱子店，一个卖四百二十日元左右，工本费大约百元……现在越做越顺手，平均两天可以完成一个。他先切割手头现成的板子做成外框，前后加上合板，接着裹上一层黑得发亮的塑料布；为了隐藏接合处的痕迹，会用小铁钉将有花纹的塑胶绳压在上面。他对我特别强调，最难的是不让提把轻易掉落。一开始，很多顾客抱怨提把很快就松了，于是他研究改良，将钉子斜斜地钉进去。但这样也不尽理想，最后决定改用螺丝钉。我想，本来就应该这样做啊。"还有更难的"穆罕说如何让邻接的两个抽屉严丝合缝，才是使成品做好的关键……他最自豪的，是自己不像大多数人那样在箱盖内侧贴个粉红色薄塑料内衬了事，而是将杂志上剪下来的当红电影明星照片或军人肖像，还有湿婆、黑天等神像拼贴得有模有样。我忍着笑对他说："穆罕，这真是个好主意！"这下不得了，他竟然开口要我买一个。随身带一只这样的收纳箱旅行也没什么不好，但我一眼就看出提把还是很不牢靠，用不了多久肯定脱落，所以只是一直称赞，不会真买。

穆罕还有件很得意的东西——录音机。

他说这台老式的、大得吓人的机器，是五年前去新德里时心一横买下的。录音装置已经坏了，现在只能一天到晚重复播放唯一的那盘录音带。机器整天转个不停，播放出来的音乐已经有了明显的沙沙声和喀啦喀啦的杂音。有趣的是，磁带开头竟是一首英文的赞歌："主啊，请赐您的圣光，降临我身。"接着是一个女歌手以刺耳高音演唱一首四年前很流行的印度歌曲，但唱到一半就中断了，二十秒左右的沙沙沙和喀啦喀啦后，突然出现一个老人的高叫，叫声很快中断，变成同一个人以正常的音量用印地语讲话的声音，好像是在开示。约莫四分钟又断了，接着是长达五分钟左右的杂音，然后是一男一女的对话："全是蔬菜吗？""才不是呢！"最后二十分钟又全都是杂音，这就是带子的全部内容。不知道为什么，穆罕最喜欢的是赞歌。他倒不至于以为基督教是印度教的分支，但他工作的时候，我总是可以听到那首音质已经严重磨损的歌。

接近夏天的一个夜晚，十一点左右，我正写东西时，他工作的中庭又传来破碎的赞歌。一般他十一点应该已经睡了，我感到蹊跷，下去一瞧，看到他的背躬得比平常更低，蹲在地上，指着正在制作的收纳箱对我说："你看，它死了，先生。"

箱子里铺了许多稻秆，每天搭在他肩上活蹦乱跳的小猴子仰躺在那里，肛门流出黄浊的粪便。胸部到下腹部色的浅粉皮肤上浮现仿若手指摁过的点点紫斑，柔软的白色绒毛显得如此无力，充满哀伤。收纳箱上方放着录音机，正在那里喀啦喀啦地转着。赞歌唱完是一阵杂音；"全都是蔬菜吗？""才不是呢！"之后还是杂音。

好一阵子之后，穆罕又抬头看我。

"你看，它死了，先生？"

穆罕的眼里，透露出几分难掩的惊慌。

我总是在吃过早饭后，提一桶水到自己房间对面的连栋建筑旁。建筑的东边角落突出一个宽窄仅容一人、长约四米的阴暗通道。穿过通道，是一间二叠左右的六角形小屋。配合小屋的外形，石地板的中间也有一个直径约一米、高出地板十五厘米的六角形；小六角形的地板正中挖了一个椭圆形的洞，黑乎乎地直通底下。没错，这就是厕所。头上是有六角棱线的拱顶，四面厚厚的石壁上开着一些小小的通风孔，位置正好和人蹲下来时眼睛的高度齐平。每天早上进入这个房间是我的一大享受，因为这里可以唤醒不可思议的情绪。那是我在天蒙蒙亮的黎明时分展开的一段奇妙旅行，旅行首先从穿过仅容一人的狭长而昏暗的通道开始。为了和外界有所阻隔，通道尽可能又窄又长，并始终一片昏暗。一踏进六角形的小房间，首先吸引你眼球的，是四面的通风窗透进来的朦胧光线，它们全部汇集在房间中心，所以那里尤为明亮，照彻椭圆形的黑色洞穴。

我定定看着被照亮的、直径五十厘米的黑色椭圆。光影间的黑暗有如正午天空的一角因为光被阻断而产生的一块飘浮的黑色空间。在我认知范围内，任何暗影都无法解释这种幽黑。每当我进入这个房间，总是不禁想起印度古籍中的一节。

……是什么在蠢动不安呢？……在哪里呢？……在什么底

下呢？

　　日夜交替，但日与夜的交界在哪里？……静寂之中，那个东西，无声呼吸。然而，没有什么东西可以接续……黑暗，让未来保持无形的状态……

　　这一切，唯神了知……或许，神也尚未知晓……

　　我跨在亘古的暗黑之上，突然有一种始祖鸟展翅的错觉。生蛋后三秒，底部传来砰的一声。我感觉出自己把新生命的先兆丢进了漆黑的地底。我仿佛置身四方涌入的无尽光明中央，正对着一片茫漠混沌生蛋，一只接着一只，仿佛自己就是全宇宙生理机制具体而微的表征。

　　每天早上都能毫不费力地体验这样一趟微小而盛大的旅行，这让我非常愉快。有时候，尽管我大吃大喝，下腹却迟迟没有需要旅行的征兆……我便带着无限的耐心，乖乖等待……

　　如果在崇高意念的引导下，经过非比寻常的努力依旧没有任何征兆，我只好胡思乱想——或者说思考：人类新陈代谢之所以不畅……是否与直立行走有关……于是让自己倒立三分半钟。这三分三十秒，给了我二十七年前——我出现在这个世界之前……也就是我的大脑尚未有人的意识之前的神圣乡愁。然而，此时还是没有便意。于是我得到一个信而有征的结论：排便乃是直立获得的恩赦，偶有生理的不畅，也是奇迹般排便的崇高赐予。

　　所有这些有趣的游戏，在夏天脚步已近的某天早上打上了休止符。那一天，穆罕这家伙张张惶惶跑上楼叫道："先生，不好了。"据穆罕说，老厕所排水肥的土管会从他柜台上面通过，最近发现墙壁开始渗漏，发出难闻的气味。我说那就把土管修理一下，希望六角形的厕所能让我继续使用。穆罕不同意，回答说就算好不容易修理好了，我离开后也没人再用，太浪费钱了。三天后，穆罕的叔叔"大古鲁吉"意外来访，我们趁机向他请教此事。我费尽唇舌，对伟大的导师解释我想继续使用六角形厕所的理由。伟大的导师一脸认同，有时还闭上眼睛不住点头。最后，他勉强从喉咙挤出几个字，用漠不关心的语气说道："厕所呢，应使用无故障的为宜。"

我房间的古老木门钉着生锈的大铁栓，长宽各接近两米，一个旅馆房间的门做成这样，实在太夸张了。每次我从外面散步回来，都要费点力气打开这扇木门。铁栓的正中间有个突起的洞眼，上面装了个大大的活塞型锁头。这个锁头让我很伤脑筋。每次回来，站在这只年代久远的大锁前，我都要先想一想。照穆罕的说法，只要将钥匙插进锁头上的小洞，轻轻向右旋转半圈即可。这么说吧，将她顽固的心融化了。这大概是多年前，穆罕在房间里和他女友做的事吧。我故意奚落一脸不解、以为一定能打开门的穆罕："穆罕呀，你只不过是忘不了你的女人年轻时百依百顺的样子啊。"一边说，一边喀恰喀恰地用力旋转生锈的钥匙。

年代久远、绿漆剥落的锁头正像一个人老珠黄、盼望新主人出现的女人，大概是疲倦了吧。或许她是个生性善变，甚至心思复杂的人。更不会轻易对一个来自遥远东方的二十几岁的怪小子敞开心扉。如果那有些粗糙的铁棒某天因为某个对的角度或力道喀恰一声顺利开锁，大概要归功于我毫无保留的献身精神。

不过，时间是伟大的……一天又一天的开开关关、进进出出让我以为，长此以往，总有一天，我可以毫不费力地进入自己的房间。

我试着解读她的心声，而她也终于慢慢地接受我的心意。昨天和今天，我都轻易地打开了房门。

然后……夏天就到了。

宣告夏日降临的是三月十二日、十三日的洒红节祭典①，与往常一样，无论是怀着孩子的大龄孕妇，还是瘦骨嶙峋的流浪狗，全都汇聚成有几分虔诚、有几分心浮气躁的轻佻喧闹的集合体。这场两三天的骚动过后……村子里能言善道的人和总是慢半拍的人突然口径一致起来：真的，太阳是越来越热了。

与此同时，似乎有什么东西从人们的记忆中苏醒，和一日热过一日的太阳相反，村人都冷静下来，再也不作兴玩闹了。

太阳离头顶最近的正午时分，整个村子是前所未有的静默，安静地躺卧着，像是有什么不好玩的事情将要发生的征兆。一片死寂的中午，试着赤脚在堤岸的石板上踩一踩，脚底马上烫得根本无法走远。白色石板反射的强光有时还会让你双眼发痛、昏花，连踏脚的棱线都看不清楚。

不知何时，草地上到处蔓生的黄色小花也陆续消失了踪影。连啃

---

①印度每年春天盛行的除祟、祈福祭典，以传统印度历第十一个月满月之日为祭典高潮，人们以互相抛撒、涂抹色粉或泼水为乐。

杂草度日的白色瘤牛动作都变得迟缓，一切生物无一例外要经受苛酷暑气荼毒的季节到来了。

首先罹难的，是横陈在南边堤岸上的鸦尸。

乌鸦的尸骸腐烂，甚至来不及放出跟它生前所做的恶事等量的恶臭，就在三天内干掉。可怜的乌鸦尸骸以有些滑稽的怪异姿势曝晒在阳光下，艳阳的高热和干燥已极的空气很快就吸干鸦尸最后一滴水气。悲剧永无止境。

晒干后的乌鸦毛孔张得很开，空气畅通无阻；眼眶也凹陷了。有时一阵风吹来，头毛或翅膀上的飞羽就一根根剥落。掉落的羽毛沾满了尘沙，随着黄浊的风飞舞。

继乌鸦之后的倒霉鬼，就是那傻傻瘦瘦的流浪狗。午后的骄阳下，肋骨暴突的褐色瘦狗跌跌撞撞地追着飞舞的羽毛。黑色羽毛在石头堆和杂草丛中翻翻滚滚，流浪狗只是面无表情地跟在后面，破碎的影子贴着地面紧追不舍。羽毛卡在带点湿气的泥沼地上，瘦狗立刻用它干裂的鼻子嗅闻起来，但好像很快就知道那不能吃，茫然地抬起了头……那是一双凸出、泛白有如死鱼的眼睛。它望了望空无一物的天空，然后甩两三下瘦骨嶙峋像是算盘珠串起来的尾巴，再一次低头嗅了嗅鸟羽，最后……决定放弃。

才走出五六步，一阵风忽地吹来，羽毛又像有了生命一样在地上翻滚。这只癯瘦无助、眼皮低垂、拖着尾巴，饿到甚至无力记忆的狗，竟然又回头追逐那无主的、薄情的羽毛。

湿濡的沼地上轻浅的小小足迹，将褐色瘦狗的一生曝露无遗，它们凌乱纷杂地追随无情的风……最后被带到人的视野不及之处。

炽热的阳光连续数日烤炙着泥淖地。瘦狗的点点足迹在干涸泛白的沼地表面陆续固定成一个个小模具。眼下的种种迹象都像空洞的化石，宣告着不知去向的瘦狗死讯。

接下来的每一天，阳光都毫不留情地鞭笞大地。狗的足印开始呈现网状的龟裂，我忍不住去想，死去的瘦狗已和那干瘪的乌鸦一样，变成一堆枯骨，躺在某处干燥的细沙上。

又过了几天……

一条巨大的裂纹突然开始撕扯狗的足迹。这下，一切生命存活过的证据都消失了。太阳的触手不只伸向动植物，自然界的一切它都不放过。离湖岸不远的泥滩所剩无几的水气逐渐被吸得一干二净，生命轻易留下痕迹的柔软湿泥再不复见。

这样的夏日酷热……足以强迫一切生物，或者地壳上所有带着可变特质的东西发生某种程度的妥协与变形；至于村民的应对方式则得益于他们高超的生活智慧，比乌鸦、狗或牛要高明得多。

他们会在每一栋房屋通风良好的地方摆一个陶土烧制的无釉大水罐，几无例外。水罐里的开水会缓缓渗透到表面，形成一层水的薄膜。这层水膜接触干燥的空气会立刻蒸发，由此降低罐子的表面温度。罐子里的水持续渗透，蒸发……冷却。依靠这小小的物理作用，罐中的水慢慢降温，只要一个钟头，谁都能喝上清凉解渴的饮用水。

在与邻居共用的中庭墙上开个通风窗，在装了铁栏杆的窗边或后门阳光照射不到的角落摆放一个总是冒着汗的大肚水罐，无论何时都可以提供冷却过的饮用水，滋润从外面劳作回来的人干渴的喉咙；而且只要想到水罐表面湿答答的模样，无论还要承受多少酷烈的暑气，都会充满"啊我又得救了"的感激之情。应该说，村民面对高温的从容自若除了源于长年积累的经验，还与那和苛烈暑热成对比的、总是在耳中回响的清凉的涓涓细流有关。他们听到这流水声才深深确信，自己是可以无畏面对整个世界的生物。

他们之中有些人从历史上了解到，水和生命有一种无可取代的深层关系，甚至相信自己是生于水中的生物，并不断加以印证、确认，直至这一想法成为难以撼动的虔诚信仰……湖中的鱼、水里的蛇或龙虱，只要是生长在水中的物种，他们都将其认作祖先加以崇拜。因此这些人每次在街头遇到吃鱼偷生的狗总是气愤难耐，忍不住两脚用力蹭地，大声恐吓，直到早已习惯这阵仗的狗无奈地夹着尾巴离开才会停止。

那位年过六十、大腹便便、无所事事的大叔对偷鱼狗的憎恨，与其说是鱼族末裔的情绪反应，不如说是私人恩怨；理由之一就是最近这些泼皮狗已经吃定了大叔，知道他手脚越来越不利索，被驱赶的时候也就象征性地离开片刻，转眼又围拢过来，甚至对着大叔汪汪叫着，挑衅示威。

除了被吃鱼的泼皮狗戏弄的大叔，其他村民对自己的"鱼族血统"倒没那么在乎，不过祭司要大家尊敬村中庙宇墙上人从鱼嘴里出现的浮雕，他们也丝毫不会置疑。毋庸讳言，他们在湖中沐浴的行为确实和信仰有关，但夏日的湖水可以清凉他们燥热的身体，因此也有实用的目的。湖水就像那湿漉漉的水罐，给人一种精神上的调剂，当脑海浮现清风吹拂湖面时万千闪烁的星光，心中自然涌起"多好的湖啊，我又得救了"的慰藉。

就像房屋仿佛寄生于湖的四周一样，他们在精神上也强烈依赖着湖水。水的存在，或者说水在精神上的正面影响，可以让他们克服干燥地带的夏日苛酷时光。

我的旅馆附近有一口在耕地最前头挖掘的灌溉用井，是村中最大的井，也是村民顺利度夏的重要武器。

井直径六米，像打进地底的巨型大炮一样让人安心。井穴内侧是垒得很不平整、长满青苔的石块；石块和石块之间的空隙停栖了数十只鸽子，还夹杂三四只误以为自己是鸟的蝙蝠。鸽子常为争夺空间而争执，发出啪嗒啪嗒的拍翅声和咕咕叫声。声响从微暗的井穴中传出来，村民们更能切身体会这个巨大洞穴对世间万物的包容。

有时我恰好看到一些上了年纪的农民经过这口井，每次都会双手合十、念念有词……想必他们和井穴中的鸽子一样，世世代代在这个巨大水井的包容下生息。

夏日的午后四点，西岸那排房屋正好投影在湖水边缘……那是白天炽热的太阳向西边地平线降下并逐渐停止燃烧的最初征兆；也是长尾孔雀们准时来到自定地盘，在湖岸各据一方，开始探找水中饵食的时刻。还有那即使一只都足够吵闹的鹭鸟也陆续来到沼泥地上，长嘴长脚纠缠不清地争斗喧哗。

从近午即暂停的村子的各种机能，现在也陆续恢复。如果这时还有人在树下做他的春秋大梦，村民大多不会当他在午睡，而认为他不过是个懒惰的家伙。

一个少年牵着两头有漂亮牛角的白色公牛，每天也在这时来到上文说的灌溉井边。村民不会多看少年两眼，少年却因为自己被赋予的职责，意外站在村子夏日大作战的最前线上。

他做的事，在我看来很无聊也很单调，如果叫我每天做同样的事，我不如跳井算了。

简单讲，少年和这两头牛就好比将井水送到田里的水管。水井一侧有高两米左右的石墙，石墙顶上往外是宽三米，长十五六米的平缓泥土坡。少年熟练地拍着牛头，让两头牛倒着走上坡道顶端，将连着水井大辘轳的两条黑色麻绳分别绑在牛的牵引棒上。接着少年"吼——"地高声一叫，跳坐到拉紧的麻绳打结的地方。两头牛就像接到了什么信号，立刻拉着绳子走下斜坡。快到斜坡底时，绳子开始发出唧唧的摩擦声。铁辘轳将麻绳的另一端拽上来，上面挂着整整一牛皮袋的水。袋子底部和肚子的地方还有破洞，水不断从破洞漏出来。当这个奇形怪状的水桶被拉到与田地相通的沟渠上时，皮袋正好倾斜，把水全部倒出来。这个高度是最需要气力的时候。

套着牵引棒的两头牛的牛轭跨放在肉瘤前面，深深陷入牛肩。牛看起来很不舒服，眼睛张得大大的，头用力往上挣。少年仍旧坐在绳子上给牛打气，现在他鞭打牛臀，再次大声发出"吼——"的命令。

两头牛拼尽所有力气，走完最后三米，身后就传来哗啦啦往下倾泻的水声，麻绳整个都松了下来。

皮袋里的水注入了灌溉沟渠。少年从绳子上下来，再度站到牛头前，把牛倒推回斜坡上。两头牛脚步迟缓，一小步一小步地倒着往上走。水全部倒空后，整只牛皮袋摇摇晃晃地再度降入井底。估计里面装满水后，少年又大声发出信号，跳坐到麻绳上，赶着牛往斜坡下拉。周而复始……

同样的动作一天要重复将近一百二十次，少年和两头公牛就这样一日复一日。

有一天，我闲来无事，花了整整三个小时认真观察这单调、无聊得教人眼睛发直的过程。或许少年看着这样的我也觉得无聊，但我有把握相信，与我相比，他肯定加倍无聊。

就像三天一样长的三个小时过后，少年终于把麻绳从牛身上卸下。"啊，好不容易做完了"，他带着有点茫然又有点厌烦的神情，看着我微露笑容。

两头牛获得解放，立刻低头吃起草来。太阳也沉落地平线了。晚霞即将从西天隐去，小鸟成群在空中翔舞。少年来到蹲在地上的我面前。

每天重复这种单调无比的工作的他，看起来非常健康。没有多少赘肉，身高一米五，体型精瘦，皮肤富有光泽，和他穿的比肤色稍深的茶褐色小短裤很是相衬。他的神情似乎对这样的工作没有丝毫置疑，让我印象深刻。

"你几岁？"

少年笑笑，没有回答。

原来他是只能发出"啊""咿"的哑巴。我想知道他做这份工作有多久了，于是指指牛，再做出打牛屁股的动作，然后在他面前伸出十根指头让他数给我看。不过他似乎会错意了，抓着我的右手，好像要带我去什么地方。我接触到少年的手时心头一惊，纤细而有力的手指，却像鞭子一样强韧。

我突然心有所感。他的手掌并没有年轻人的轻率，反而给人强烈的信赖感，相形之下，我的手掌却有点柔弱与犹豫……我跟着他走了。

我们沿着泥土堆垒起来的沟渠前进，不久来到一处可以俯瞰整片田野的高地，裸黑麦已经收割完毕，田地刚刚翻过。我朝他频频指给我的方向看去，那是少年和两头牛几个钟头努力的成果，水逐步浸润干涸的土块，像大树的枝干一样分叉、延伸，留下黑色的印痕。

印痕只是大片干涸农田中的一小部分，却是真真实实的标记。

那是夏日酷热阳光的荼毒下，人们在干涸大地之上无畏面对、勇于挑战的表征。

……这样一个毛头小子。

"Achchaa（不错吧）？"

"Achchaa（太棒了）！"我用力拍了拍少年的肩膀。少年发出"喂——"不像一般笑声的笑声。我突然很想在这里待一阵子，好好看看人类捺印在大地上的痕迹。

我用手势告诉少年我要在这里休息一下，少年回我一个"再见"

的表情，沿着田埂跑向他那两头牛。

他是健康的。

我有点嫉恨地看着他的背影，一边像喃喃自语般在心里嘀咕。

……这个王八蛋，简直太帅了……

四月即将来临的时候，我注意到房间厕所旁花盆里干枯的植物突然发生与季节不符的异变。

刚到这里的时候，植物还非常翠绿，而且开了很多直径仅五毫米的小紫花……一不留神，竟全部枯黄了。

不知道为何，这丛早已被我忽视的枯草竟然又开出两朵紫花。只能说这是种疯狂的盛开。这盆植物枯死后没过几天，紫花亦结束了生命，这次盛开并未完成什么生物学的任务，大概只能叫它徒然花吧。

但是这两朵小小的徒然花，却在其他方面发挥了作用。它们赐予我再度踏上旅途的力量。在这座村子发生的一切无疑只是我漫长旅途中的一段，但我仍要再度出发上路。

此外我想，与其将开过两朵徒然花的花盆摆在厕所旁边被恶臭熏染，不如让它死在阳光下，于是打开门，把花盆搬到阳光直射得到的位置。

"你看，夏天到了！"我对它说。

时序进入四月后的某一天，我把十五倍折叠式望远镜放在上衣口袋，左肩挂着装了两升开水、像暖壶一样的水壶，撑着仿佛从英国统治时期留下来的破旧雨伞，走出了旅馆。

我想去爬帕·古鲁吉大叔的精舍所在的那座山。

小的时候，故乡城镇附近也有一座山，第一次爬上山顶之前，我一直以为自己的家是镇子的中心，但从山上往下看，才发现那只是街上坐落的许多几乎一样的房子之一，才开始对自己的存在产生出客观的认识。

我想在出发前再次确认目前为止我对这片心爱土地的理解，希望不要有误会之处。

至于自己今后到底要朝西或是往东走，我不希望交由让人错觉万事万物都清楚明白的地图决定，而是根据视野所及，一边思考其尚未明朗的部分，一边以迟疑的脚步摸索前进。这种古典的态度，是我现今最欣赏的。就这样，我带着发现新世界所需的最少装备爬上高山。

不用多说，三层布叠合而成的伞，是为了遮挡炎夏的烈日以防晒伤；装满开水、每走一步都咕咚作响的从沙漠士兵那里买来的二手水壶，是为了维持新陈代谢；从日本带来的十五倍折叠式望远镜，则是为了辅助扩大视野。这副德行走在路上的我在别人眼中有多滑稽，就代表我的态度有多认真。

从山顶俯瞰，普什卡村是东西两边广袤沙丘包围下沿湖而建的一千多户人家的聚落。

普什卡湖则是东西稍宽的椭圆形水域；仿佛要阻止沙漠中难得的湿气逃逸似的，几乎环湖一圈都用石块筑成堤岸。

像缺了颗牙齿一样没有堤岸的东南湖滨是一片不规则的黑色土地，带着一点坡度，慢慢没入稍显灰白的绿色湖水中。

自高处远眺，黑土表面蔓生着瘤牛每天要吃的青翠杂草，数量不多，有如某种繁殖力薄弱的霉菌。

应该在青草上活动的瘤牛现在不知在哪里，让我有点遗憾。

从山边的湖畔直到山脚，是民居最密集的区域，除去沿湖而建的部分，以厚土和石壁建成的白色房屋挤挤挨挨，毫无秩序。

白色房屋之间的绿树意外地非常繁茂。

我想起城堡式旅馆中庭那棵高大的菩提树。或温柔或粗暴的风吹过茂密的树叶时，大小叶片彼此摩擦拍击，就像从地里长出来的乐器一样，发出各种不同的声音。在大件乐器相对单调的旋律中，巢居树上的小鸟又以小小声线加入悦耳的合奏。

从南边灌木林地带到湖畔的相当大一片土地都是裸麦田；收割过后的田野上散布的白点其实是耕作的瘤牛，正以极慢的速度移动吃草。

我花了些工夫观察那些移动的白点。一段时间后，离白点很远的灌木丛附近升起一缕白烟。就像杂耍艺人手中交替的球，起落之间，炽烈骄阳下生命的表征此起彼落。

我注视着远方袅袅上升的白色轻烟，烟上升到一定高度便从末端扩散，化入虚空。

整片天空只有田野上方有些烟霞般的云朵缓缓飘移，大概很快也会消散。

我想找一找鸟的踪迹，于是将伞挪后，抬头仰望蔚蓝晴空。也许因为太阳正烈，一只都没有看到。我收起伞，随手往地上一丢。泛白的碎石地面上滚烫沙尘一阵飞舞。夏天烈日的持续肆虐，已经让身体热到了所能承受的极限。

一整个白昼，太阳毫无阻拦，视若无睹地鞭笞着土地上的一切。

我多想就这样坐着不动，和眼前的风景化为一体。

在岩石背阴处取出水壶，将水从头顶倒下来。

水分成几股，在发烫的皮肤表面奔流。

我茫然呆望眼前舒展着的普什卡大地，过一阵子才回过神来，把目光移向我连续多日居住的由古堡改建的旅馆。

旅馆面对未砌石阶堤岸的东南岸，且比周遭建筑高出一截，理当轻易辨认出来，事实并非如此。

我未能一眼就看出想象中的地标。

我不得不更加努力地搜索，同时因为无法立刻认出自己最熟悉的房子而有些懊恼。

再度用心观察，才注意到旅馆所在的东南方湖畔高台附近矗立着一栋我过去没有特别印象的房屋。

因此，我原以为应该是旅馆的位置却是另一栋建筑。

我眯着眼睛，继续拼命逡巡视线，但我本来就轻度近视，看走眼的事经常发生；今天亦然。我试着闭上眼睛再睁开，反复几次，在记忆中重现房屋构造，希望找到一些与眼前朦胧的建筑物细节比对的佐证。然而，那幻象般的房子彻底背叛了我的记忆，教我无论如何也找不到它。首先背叛记忆的，是它的高度与面积。它和其他房屋一样低矮，也一样小，就是一栋非常普通的建筑。此外与我的期望相反，它的墙壁没有被女性肌肤般柔美的色彩包覆，不过就是些土块而已。仿佛视线稍有偏离，那房子就会立刻化为苍茫地壳的一部分。

总觉得眼前展开的风景失去了本应有的中心。这时，我突然想起上衣口袋里那架十五倍望远镜。但一切都已经太迟了，不久前犹带笑意的双颊已在不知不觉间变得僵硬。我最害怕的是望远镜一举拉近的房屋彻底粉碎我的记忆……于是我放弃一切努力，不再搜寻住过的那间房子。

我深吸一口气，若无其事地将视线从普什卡村移开。它似乎也开始缓缓地自我的记忆剥落。如今，那片灰蒙蒙、海市蜃楼般浮现在视野边缘的普什卡村身影，只像一些白色物质的堆积。

我放空自己在那边站了一会儿，不久就感到整颗头颅仿佛要烧起来。我将水壶中所剩无几的水倒在头上，水流下脸颊，咸咸的液体接触干裂的嘴唇，带来一阵刺痛。

我呸地朝地上吐了口口水。

口水立刻蒸发，炙热的地面上了无痕迹。

嗯，该是离开村子的时候了。我想。

我让自己冷静下来，将视线转向村外。

东边方向是两个月前，我搭着六人座的马达三轮公交车颠颠簸簸来到普什卡的路。公交通行的马路只有东西两个方向，所以我接下来也只有两条路可选。我转头看西边，那当然就是离开村子重新上路的方向。

山脚下是一辆偶尔开过来的中巴，容载十五人，和前几天经过的军队吉普和卡车暂时停在广场休息；从那里往西是一条路面有点沥青黑的笔直大道。我沿着这条马路看过去，它在村子西郊只有两名警官的派出所旁边转弯后路面突然变白；及至一座擂钵形的山麓附近就被黄沙掩盖，藏在周边的沙原里分不清晰。至于通往东部中型城市阿杰梅尔唯一的马路，虽然同样是沙丘地带，可是无论走出多远都可以清楚看见它的路面，不会中断。这下很清楚了，比起往东，朝西的交通肯定充满了不确定，只能看运气了。我看着马路心想，以我现在的心情，选择西边是最合适不过了。然后再度游目西望。

普什卡往西四公里处有一处村庄，坐落马路右方，但和马路有相当距离；一簇簇深褐色的立方体从白沙的平野凸显出来。那里应该和普什卡一样，也是一处水汽氤氲的所在。

和东边比起来，西边的地平线非常模糊。和我脚下的山一样的石头山在砂原上还有很多，山与山之间看到的地平线并不笔直。热气蒸腾，使它看上去有点像某种细细长长的浮游生物。

为了获得更多准确的旅行资讯，我好整以暇地取出带变焦接环的十五倍折叠式望远镜。然而几分钟后，刻意将远方东西拉近来看的外国人的神通完全消失在我身上。

我对准西方的地平线，慢慢转动两个凸起的螺旋按钮，调整望远镜的放大倍率对焦，可是在圆形视野中切割出来的地平线却更加暧昧，就像手上的脏东西把镜头弄脏了一样。让我想起很久很久以前，看起来相当有分量的棉花糖却在我小小的嘴巴里突然消失的感觉……早知道就不看了……懊悔的念头不断在脑中回响。

我拿开望远镜，深呼吸了两三次，然后将望远镜放回口袋，在通往精舍的乱石小径旁坐了下来。轻轻合上双眼，热风抚触着脸颊。

我静静待着……不久，听到一只鸟鼓动翅膀咻咻飞过头顶的声音……再度睁开眼睛，突然一阵晕眩。我抬头仰望，搜寻鸟的踪影，然而眼前一片空无。

太阳朝西倾斜了二十度左右，但阳光和正午的赤焰没有两样，山棱上丛生的光秃秃的高矮灌木也好，红褐色的巨大岩块也好……通往精舍的山径石阶以及我自己，所有的影子都带着明确的轮廓，在乱石累累的荒僻白土上，留下凹凹凸凸的形状。

我又一次深呼吸……嘴里咸咸黏黏的。对着两米开外的灌木吐了一口痰，没想到它黏着地掉在我的膝盖上。事出突然，我赶忙掰了根身边的树枝，仔细弄掉，再抓把土在裤子上涂抹；土沙散落满地，绿色的布上只剩一点白粉的痕迹，看不出曾经有液体黏滞。我终于感到满意，但不知道为什么，心脏突然大力地鼓捣起来。

这到底是什么地方呢？我想捕捉一些声音，于是侧耳倾听。微弱的普什卡村市井声传入耳膜，然而耳畔一阵风吹过，那些嗡嗡嗡的音波就一点儿也听不到了。

之后没多久，我开始感知一种奇妙的声音；但不是用耳朵，而是全身的皮肤。仔细想想，那声音或者说振动，我好像在更早之前就感受到了。注意到这一点后，音波的振动也逐渐明晰起来。

"唧呤……唧呤……唧呤……"声音给人的感觉是非形象的、让人无法联想任何具体事物的……是地底的震动吗？或是头顶虚空的鸣响？但我的皮肤确确实实感受到了。

"唧呤……唧呤……唧呤……"它和呼吸或心跳的节奏都不一样，与来自肉体的任何律法都没有关联，兀自叫个不停。它既温柔又无情，让我慢慢地产生些许恐怖的念头。

灌木干枯的小树枝轻轻震动，我的耳垂也感受到风的吹拂，声音掠过耳畔。我决定不放弃这个机会，也不把它当作恐怖的声音。有时，村人的说话声会乘着由下往上的风而来，我拼命想听出他们在说什么。

……不久，我仿佛在耳膜深处听到一个年轻女人尖锐的声音："Kyon（干吗）"。

我全神贯注，再度聆听。然而……没有了，那个人群杂沓的世界传来的音讯不复存在。

我又一次深呼吸，伸展自己的身体。深呼吸只不过助长了喉咙的干渴，而且吸入的热空气在空空的胃袋中徒然翻转。

我一边伸懒腰，一边搜寻视野中是否有残存的足以让我获救的东西。不知为何，头上的蓝色虚空在我眼中似幻似真，令视线在其间彷徨。

灼热的身体继续曝露在太阳下，那片蔚蓝仿佛将我的皮肤洗涤了一遍。

炽热的风景逐步远离蔚蓝，向东方降落。

我反而愉快起来……肉身五体有如那些在风中发出声音的植物般渐渐冷却，眼神朦胧地在蓝色的虚空中缓慢悠游。

之后没多久，我突然觉得两眼好像废掉了似的。

因为我正直直凝视巨大的太阳射出的光。

可是这时的我……采取了有生以来最无畏的态度。

尽是瞪着眼睛直视。

凝视那巨大的闪光。

细小的肌肉支撑着已经掉落暗黑之中，失去视觉功能的眼球……用力地支撑着。我仍旧定定地直视不止……然后，睡魔袭来……

……一段悠长的睡眠。

从沉睡中醒来后，即是崭新世界的开始……

路旁小砾石迸裂的声音。

崭新世界的开始，理当是某个直立的事物温柔地穿透虚空的声音。

我确定，自己清楚听到了背后细小砾石崩解的声音。

那或许是次第崩解的过程中慢慢与其他东西融合，最后变成轰然巨响，与脚下这个小小的人的世界一起毁灭……虽然，人类的脚步如此漫不经心。

我的睡意，就是来自一个人的漫不经心。

我转头看看后方。

惺忪双眼尚未恢复正常色觉识别能力。

……

"你在做什么？"

沙哑但温和的声音……

我的眼眶湿了。

虽然看不太清，但那好像是一个老耄枯瘦的身影。

"你在做什么？"老人又问了一次，走上前来。

我有点手足无措，拿出上衣口袋里的望远镜，咔恰咔恰地拉开，贴在湿润的眼睛上。

被圆框切割的画面里所谓的地平线，比方才看到的更加模糊。

突然有什么轻触我的肩膀。

"你在做什么啊？"

我转过头，左手搭在眼睛上面挡住阳光，装出抬头看老人的样子，咧嘴笑了笑。

老人也露出了笑容。下巴上留着没有刻意梳理的胡须。

"你在做什么？"老人指着望远镜问。

我将望远镜递给他。

老人学着我的动作把那器械贴在眼睛上，然后就浑然忘我，非常仔细地探索起山脚下全部风景的细节。

他个子矮小，秃顶，过长的红色腰布下摆拖地，破破烂烂。老人一边看望远镜，一边自言自语着什么。

我看着老人这副模样，不禁涌起一阵异样的感觉。于是……我笑了起来。

干燥的风在我面前来来去去，将脸上的濡湿擦净拭尽。

老人继续眺望他的普什卡村。

我深吸一口气，随手折了灌木的小树枝用牙齿咬着，试着将脸微微上下摆动，小树枝也跟着划出优美的弧线。然后把树枝咻地抛向空中。

我对着虚空，轻声嗫嚅道："How do you feel（感觉怎么样）？"

湛蓝的天空仿佛贴得很近……我仿佛正置身它的正中心。

老人没有回答。

"How do you feel？"

我再次小声发问。老人好不容易稍稍把眼睛从那个小器械上移开，瞧了瞧我，我也看着他……老人将脸微微左右摇了一下，笑了；好像在说这东西不错。

"Speak English（说英文吗）？"

"Yes！"

老人理所当然地左右轻摇一下头，给我一个"稍等一下"的表情，又全神贯注地端详普什卡村。

"How do you feel？"

我对着湛蓝晴空反复低语。

一只黑色的老鹰正在头顶盘旋。

初版后记

　　写完这本书，我移居到东京近郊少数几座新兴住宅区中的一座。房子在小区中心，是普通上班族住得起的、入住时还带着清洁剂味道的 2DK（二室一厅加厨房）新公寓。

　　公寓位于比周围稍高的地方。从六叠大小的客厅窗户望出去，对面整片山坡上新建住宅林立，成为静止的风景。不拘早晚，只要透过四方形铝窗，我就不得不和这片风景面对面。

　　这和本书最后一篇《黑鸢》里面提到的状况很像，当时我每天和普什卡当地充满历史味道的风景对峙。当然，现在我眼前的日本风景，未免太新太美，显得有些悲哀且轻薄，这风景没有历史的沧桑感，空洞而滑稽。

　　家家的铁制围墙都做成洛可可风，大家疯了一样在墙角竞相栽种玫瑰花。颜色鲜艳的铅板屋顶上，到现在还没见过一只令人怜爱的流浪猫。最常看到的，是努力将毒气接到每一户人家的都市天然气配管工。

或许每一家的晚餐桌上摆放的都是当天电视上介绍的料理；料理的材料又很可能是超市卖的、有农药残留的蔬菜。

含农药成分的母乳哺育的婴儿很容易肥胖。这些新的人类孩童带着对毒物的适度抵抗力出生，在玻璃罐里面饲养长成青蛙即意味着死亡的蝌蚪。

最后，我们多半是看着印在天花板上的假木头年轮永远地合上双眼，在听不到鸟的扑翅声、风吹声、树叶拍击声的宁静中死去的吧。

然而，现在的我却对这一切却产生了一种不同于嫌恶的感情。每天看着窗外这些虚浮的风景，我都很想搔一搔身体的随便哪个部位。

有一天，我在这风景上方看到了闪电。那个晚上，闪光让风景瞬间突显出来。不知为何，我觉得自己在这一瞬间看到了什么很好笑的东西。

天上的闪电照亮了深绿色的树木、雨云、山丘的斜面、尚未翻整的空地，以及上面蔓生的杂草。

最让人受不了的，是它正好打在鲜艳的轻薄铅瓦屋顶上头。

我曾经在印度的旷野看到打下来的闪电。那种感觉，一言以蔽之就是震撼至极。且容我们想象一下……如果在旷野上放个彩色的塑胶玩具，那玩具不是和旷野一样也能映出闪电庄严的亮光和某种突兀的情景吗。看到如此景象的我完全不知如何反应。和自然离得这么远的东西竟然可以光明正大地参与森罗万象的变化，多么奇怪。

从那之后，每当我看着建筑工地从早到晚、时时刻刻像沧海桑田的推移一样不断变化，都觉得特别诡异。

现在我居住的家正是组成轻薄滑稽风景的玩具之一，于是我也只能忍着身体的不适，再度朝旷野出发。

今天早上，我飒爽地将旅行献给被朝阳染红的预铸住宅群。

又及，本书第一章是三年前第一次去印度时写的文字，加上去年在《朝日画刊》的连载集合而成。其中最早写成的《别了，克什米尔》和《与裸身印度人的对话》两篇，到现在每次重读，我都忍不住边看边笑。至于第二章则都是最近写的，两章之间有三年的时间差。我想，读者对比这两个部分，应该可以感受到三年岁月在一个年轻人身上的体现。

三年来，日元和印度卢比的汇率已有变动，本书未予订正。

最后，我要向朝日新闻图书编辑室的诸位，以及首先对我的印度放浪记感兴趣的《朝日画刊》编辑部同仁表达感谢之意。

一九七二年五月二十九日　藤原新也

热球底下

印度是一个可以目睹生命现场的地方。大自然中的生命带着各自的强烈个性，以自己想要的面貌活着。三月中旬开始突然炽烈燃烧起来的酷热太阳永远提醒着每一个人，我们的头顶上无论如何也摆脱不了这个巨大的热球。在这颗热球释放的光与热的肆虐下，地上的一切仿佛也是热球的分子，孕育生命的热度，并放射出去。

旃檀树发出强烈的气味，芒果熟透的果实透着性的甘甜，包围我们的身体。人们的喜怒哀乐附着了热的分子，在大自然的热度与香气之间交汇碰撞。有时，人们为免暑热之苦，让身体浸泡到神圣的河流里。河岸上总是有一些火光，那是耗尽了光和热的死者尸体在燃烧；狗、猪、乌鸦、秃鹰徘徊在火焰周遭。印度这个国家的现代化尝试总是失败，因为人们头上那颗热球的意志，以及作为它分子的大地上的热气自主地蠢动和所有生命的自我主张都不是法律可以加以规制的。进而言之，热在这个国度变容为法。那就是所谓的宗教。

这本《印度放浪》是我二十三岁那年，初次来到在那热球下的大地游荡的记录。二十世纪六十年代末，我刚踏上这片土地时，日本正处于高速经济成长的风口。为了物质的丰饶，每个人都埋头苦干。国家在追求现代化及经济富饶的过程中，失去了不少东西，社会也更加严密地处于规范管控之中。规范管理的系统中，人性被逐步抹消，同时诱发了抵抗。在这样的状况下，我放弃了大学学业，希望抛开过去的一切，怀着这样的心情前往印度。印度是贫困的，但我除了看到物质上的贫困，还见识了日本正逐渐丢失的热。也就是说，日本正试图积极地将热这一生命的本质置于某个巨大的系统中加以管理，以致我被印度的热弄得目眩神迷。我目睹了大地之上许多的生命现场，也清楚看见自己的生命现场。那是我二十几岁时的一场革命。

那之后十多年过去了，我在六十年代对人类管理化的预感，如今已经毫无疑问成了真实。在举国追求利润的冰冷而唯一的目的下，教育被管理了，连人的生死也开始被管控了。人类集团的最小单位家庭的崩坏之兆已现的时刻，印度大地上生命力恣肆的种种热之面向，不时浮现我眼前。

《印度放浪》是年轻的我在那些光与热的冲击下写出的第一本羞耻之书。多年之后，我再度通读本书时发现许多稚拙的笔触，也想过加以改写，最后还是作罢。因为这些是我当年写下的字句，而不是今天的所思所想。此外，对现代化、管理化的日本来说，这本书是直率的。随着近十年来日本的发展变化，作为一种相反的命题，它的力量不仅没有消失，还能给出更加明确的启示。

藤原新也

附录

▶ 喜欢的食物是？

基本上辛辣的东西都喜欢，最爱吃的大概是辣椒吧。关于辣椒我有一个有趣的记忆。第一次印度旅行之前，我住在户冢，公寓前面坡地的田里长出了树丛一样的辣椒。为了开发新社区，田地逐渐被破坏，有一天，田里的蔬菜还没采收就让挖土机直接铲除了。随着整地一天天进行，眼看辣椒也要被铲干净了，我趁晚上跑到田里把辣椒连根拔起，扛回家里。这可是名副其实的监狩，不过除了我大概没有人想偷这种东西吧。偷回几乎可以两人合抱的辣椒丛，我在六叠榻榻米的正中间铺上一层塑料布，撒上挖来的土，将辣椒种上去。这一来，根本就没有放棉被睡觉的空间了（笑）。房东过来收房租的时候，一打开门就全都看在了眼里。你猜他说什么？"好大的盆栽呀！"（笑）。他就是这么有幽默感。我连味噌汤里都放辣椒，不过半个月左右拔回来的辣椒就枯萎了，枯萎后我就去了印度。

▶ 去印度之前做了哪些准备呢？

两件事：扔东西；以及什么都不准备。我是这么做的：学校、宿舍、家具、书，能扔掉的要么扔，要么卖。到最后发现身边很多都可有可无，真正不可缺少的不过就是一把牙刷。这感觉十分清爽。

所谓"不准备"，就是不找任何资料、不做功课。也许旅行目的地的资讯收集得越多越安心，却会离真实越来越远。比方说，十个脑子里塞满同样资讯的人去看自由女神像，大概每个人感受都大同小异吧。资讯爆炸的今天，这类旅行病患者多得可怕。也许大家反而害怕观察、感受真实的事物吧，也可能是为了逃避真实，于是把二手资讯当作自己的保护膜。

堀田善卫在著作《在印度所思所感》的最后部分提到，他在埃洛拉石窟将手掌拍向岩壁时，听到一种教人很不舒服的、极为空洞的回声轰轰传来，让人不知所措。我却觉得我的旅行是从这样的情绪中开始的。埃洛拉也好，什么地方都好，管它是土块还是岩石，都应该将手掌贴上去看看；以这个感觉为基准，去观察、比较人类孜孜矻矻地建构的事物。我的旅行就像一手拿着石头去注视一张张人的面孔，可以说是以自身能得到的最本质的东西与眼前的一切对抗。

206

你们也知道，在七十年代前半期，去印度旅行是非常流行的。那时候"回归自然"之类的说法开始出现，与之对应的诸如"平静"啦"神秘"啦等说法也先后登场。从那个角度来解释印度，只会越解释越模糊。接触印度的自然不会让人平静，反而会让人混乱。模仿印度的自然环境，人类社会的秩序会彻底崩溃。老实说，那样的做法非常危险。从古至今，无论哪个国家的文化移植到日本，都会被彻底咀嚼消化、改头换面成乖巧的模样。印度的文化也不例外。

▶ 十三年后的日本，有什么样的变化呢?

我离开的时候，大家都怒气冲天;等到回来，每个人都笑容满面(笑)。

万物都是有生即有灭，死后回归大地，以别的形态再出现，整个就是一个大的循环。只有真正自然的东西才能以这样的方式呈现在人们眼前。没有身处这种自然环境中，人们大概很难产生彼岸、来世、今生等感悟。

印度也不只有圣人、善人、老实人，同样有坏人、俗人，像人类博览会一样鱼龙混杂。日本的好坏之差不那么明显，但在印度，神圣与庸俗的差距之大则超乎想象。假使有一百种种姓，人的阶层——神圣与庸俗的层级就也有一百种。看个人和什么阶层的人往来，就能看出他的阶层——物以类聚嘛。旅行也是这样:若是这趟旅行乏善可陈，你接触的多半是些无聊的人；若是旅行从容自在，你遇到的十有八九都是高尚、有教养的人。或许我还没遇到过最厉害、最神奇的人。不过，邂逅高尚而有教养的人不是一场精彩旅行的全部；旅行是否丰富有趣，应当取决于旅程是否多样。

印度的所谓种姓之分也可以从肤色体现出来。刚从日本到印度时，皮肤还很白，全身上下也干干净净；待了两三个月后，肤色变黑，衣服也变脏了。随着你的变化，周遭的人和你的互动也跟着变化。"阶层"逐渐下降，乞丐对你的态度也渐渐不一样了（笑）。我第一次去印度的时候，大概半年之后乞丐开始对我视而不见。连乞丐都不愿搭理的人还真是落寞呢（笑）。刚开始在街头晃荡时每天总有十来个人过来乞讨，当你慢慢变得和他们一样时，乞讨的人越来越少，到最后彻底无人问津。好像被世界抛弃了一样（笑）。

▶ 印度教好像是将具体事物和抽象事物合而为一的宗教，透过万物显现抽象世界和来生的特性，和藤原先生摄影作品中呈现的世界非常接近。

我不是刻意如此表现的，而是受到存在样态的影响。如果是在非洲，你会觉得眼前的一切事物奇迹般地仿佛都失去了意义。但是在印度，大太阳往石块或木头上一照，就会有一种形象或存在的意义浮现。

非洲是相反的：阳光照到某样东西，意义即逐渐离它而去，世界除了"存在"再无其他。玉米田也好，道路也好，闪闪发光的黑人的头也好，全都发出同等亮度的光。在我看来，非洲和印度很不一样。非洲是本质的世界，一块石头在非洲就是石头，除此以外什么都不是。可是在印度，当你看到一块石头，石头背后的隐喻即蠢蠢欲动。要说哪个世界更强大，也许印度更有深度，非洲则更加单纯。

在我的旅程中，有的地方依靠媒介传递讯息；印度则不依赖文字或语言。举例来说，所谓的"经典"在印度是不太容易留存的。尽管古印度诞生了许多经典，但大部分都已散佚。因为在这块土地上，每一种"场"（存在的样态）即呈现事物的实相（本质），刻意去解读实相，将它置换成语言文字并没有特别的意义。而日本这片土地上实相稀薄，不得不仰赖语言文字凸显，因为"场"本身无法转移。

我来到印度，同时运用文字与照片两种媒介传达这里的实相。简单来说，文物是往昔传递实相的工具，我采取了相同的方法。

东南亚的空气中仿佛有一种诱人入睡的基本粒子。也许是郁郁葱葱的亚热带植物在特定的湿度与温度中挥发的气息笼罩了这个世界，在这植物世界中孕育的思想乃无为之王，在这片大地上入睡，似乎也是成为无为之王的日常修炼。

第一次去印度前，我是从事艺术创作的；做到后来，已经有点像现在的所谓作秀了。于是我去了印度，刻意在沙漠中走了两公里，还请一个当地公务员给我开了一张证明——"兹证明某某人从哪里走到哪里",还拍下了自己的足印。当时我想回国后拿到画廊去展览,最初是希望以一种贴近肉身的行为将信仰纯粹化,但又强烈意识到这依旧不脱艺术的范畴,最后难免有些进退失据。这种做法在印度人眼里真是蠢得可以(笑)。那么多活生生的人在你眼前,要不了多久你就会发现"做这种事简直不知所云"。于是我把那一纸证明撕碎,从此之后,乖乖地单纯做个旅人。

来过印度或西藏,再去兜售它们的神秘,这本身是一种诈欺。我不喜欢所谓冥想,也不喜欢"神"这个词。我不相信这一类形式化的东西。打坐、不语就是冥想吗?不见得。在不知不觉间进入冥想状态,可不是日常生活中随时可以进入的状态。我曾经在火葬场连续拍摄二十天左右,尸体火化的时候周围温度极高,后来我的眉毛都烤焦、变弯了。我用广角镜头在亡者头部取景,整个人被火葬的浓烟包围。这样过了约莫二十天,尸体的味道弄了我一身……和拍照无关,不知不觉被死亡的气息所笼罩也可以算是一种冥想吧。还是无心造作的好。

看到载沉载浮的水葬尸体时,我感到人的肉身无比庄严。尸身水葬后都会没入水中,如果没有触到河床,就不会浮出水面,一直被水流带走。沉到河床的尸体一定会再次浮出水面,浮上来的亡者容貌和身体像一切不纯之物都被洗净一般美丽而庄严,甚至像极了垂目微笑的佛像。两三天之后，尸身逐渐肿胀，血管里的血突然布满全身，尸体整个深红焦黑，有如不动明王或五大明王。接下来血色消失，像被漂白了一样。认真观察投入水中的尸体，就会看到人生的全貌。在日本，人去世的时候——尽管只是一种对遗体的比喻——不是也会说亡者受了一次苦、两次苦或三次苦，表示亡者生前的造业吗？印度和日本不太一样，但我觉得，水葬的尸体似乎也反映着亡者生前的一切。

目睹野狗啃噬水葬尸体的时候，我不禁联想到《法华经》里说的鸠盘荼鬼①。鸠盘荼鬼是人想象出来的，当然谁也没看到过，可我确实产生了这种感觉。在现场的时候，比书里读到的更加惊悚。为了能用广角拍摄，我涉水来到尸体搁浅的河滩上，一只啃噬尸体的野狗看到我走近就跑开了；不久它带回了十二三个同伴，伴着滚滚沙尘。它们似乎以为我是来抢食的，一边吠叫一边慢慢逼近。那可是吃人肉的狗啊，看着它们凶恶的眼神，我充满了恐惧。如果避开它们的眼神开溜，它们一定哗地扑上来，所以我告诉自己不能动。河流中央的浅滩四周当然没有别的人影，想呼救也没办法。我举起相机做丢掷状，又转念一想，把相机摔坏可不行，于是四处搜寻其他可以丢的东西。那一带像我拍下的几张照片一样布满了头盖骨和其他的骨头。我视线不离野狗，蹲下来捡了四具头盖骨抱在怀里，作势要丢它们，同时慢慢后退到河里，直到水没到胸部。野狗们在洲

---

①印度教、佛教故事中一种啖人精气的鬼。

渚上徘徊着寻伺机会，有几只还想游过来。让我又惊又怒："狗畜生！"我一面大叫，一面用力将头盖骨丢向它们。虽然没有丢中，但它们不久就放弃纠缠，回头去啃那具尸体。好不容易回到放三脚架的河岸上，我才松了口气；有三脚架防身就不担心了。事后回想，真像是到地狱走了一遭。

希望今后我的尸体能漂到好一些的地方。

镇日观察一个僧人在瓦拉纳西恒河水较深的河岸上静静迎接生命的终点时，我不禁这样想。躺在看得见恒河的圣地浅滩红土上凝视天空，手结密印，一个人静静步向死亡。这个男子是多么洒脱啊！我拍下两张照片，留下他最后的高贵身影。

我在印度见过不少非正常死亡的尸体：饿死的，遭遇车祸的，感染霍乱的，全都看到过；很久以后才意识到自己一张照片都没拍下。并不是刻意节制，编选《印度拾年》摄影集时，我就对自己过去拍的照片不感兴趣，全部交给别人处理。帮我挑照片的人有一天对我说："看了藤原先生的照片，我注意到一个现象。你说的那些麻风病患者呀饿死的人呀，在你的照片里一张都没有。"这时我才注意到这一点。虽然目睹过许多这样的场面，我却一次快门也没按过。我想在那个当下，我很自然地做了选择，关于尸体的选择。也许这就是我最早对尸体抱持的一种伦理观。

比毒品还要厉害的东西，是人火化后的灰烬呢。

▶ 真的？

我拍过不少火化中的尸体。一开始并没注意到骨灰，只注意正在燃烧的部位：头或脚之类的。总之就是从生者的角度来看死者。大概过了一年，拍照时不知不觉就注意起火化后的灰烬来。当地有一种三角形的可食用豆类叫草豌豆，繁殖力非常强，到处丛生。吃上三十年左右，骨头就会弯曲变形，生下来的小孩也会畸形。印度的畸形人有很多都是这样来的。我刚去印度的时候没什么钱，总是在裤袋里放一把这种便宜的豆子。有一次拍完火化的尸体，我自己也不知道为什么，就用手指抓了一撮骨灰，撒在煮熟的草豌豆泥上。

▶ 吃了？

嗯，吃完的感觉难以形容，后来就直接尝骨灰了。

▶ 味道如何？

没什么味道，骨灰好像会吸附在舌头上。仔细想想，骨灰真是一种奇怪的东西。它无色、无臭、无味，不是我们这个世界的产物。把这种可说是反世界的东西猛然放入口中的那一刻，整个人的想法都跟着变了。然而这可是人的味道啊。

▶ 这个冲动来得很突然吗？

那时我刚开始对火化的灰烬感到好奇，起初也只是半开玩笑地和煮豆泥搅拌来吃。后来越看越觉得不可思议，于是直接把骨灰放在手掌上舔。就是在这个时候我的想法起了变化：拍了这么多尸体也够了，没有大麻脂或印度大麻也无所谓了。这个体验对我是有好处的，让我自然而然地回归了正常的生活。尝过火化后的骨灰，又变回原来的自己。

我看过的人骨头也不算少了。活着的人骨头上有皮肉，所以有各种表情。带着表情的人脸，即使不加以诠释，也有传达情绪的能力。但单看头盖骨，就没有什么不同了，只有活着的人能给它们不同的诠释。当然这只是一种观念。一开始我认为头盖骨是非常深沉严肃的，但大约六年后，也就是打算去西藏的时候，头盖骨在我眼中仿佛都带着笑意。这都是我主观的看法啦。到了西藏，看到寺院里十六七世纪的壁画，挂着空行母项饰的头盖骨竟也是笑着的。我立刻觉得这和印度很不一样。后来在旅行中，我的观念渐渐从印度式变成了西藏式，对尸体的执念获得了解放。

在印度待久了，慢慢就会变得像虫子一样。那边的地心引力似乎特别强。当然，地球任意一个地点的引力是一样的，但我就是有一种被那片土地牢牢吸引住的错觉，好像整个人都渐渐委顿到地上。然而到了西藏猛一抬头，天空似乎在往下掉。西藏仿佛有一种把你往上拉的逆向引力，印度则是把你往下拉，简直就是两个极端。所以从印度到西藏，就好像源五郎虫那样从泥沼飞向空中，在两个领域间移转。不过待在印度或西藏的时候不会觉得自己像虫，回到日本后我才意识到，自己曾作为一条虫活过。

长时间的旅行，如果对女人或美食不感兴趣，大概很难坚持下去。这么看来，马可·波罗那样的大旅行家肯定是个色胚啊。一次，我的一个朋友听我这么一说，还特别去查了一下相关的资料，证实我猜得没错。马可·波罗曾在威尼斯和一个妓女发生纠纷被告上法庭，不得已只好出国逃亡。他伟大的旅行因好色而起，看来他的大旅行还蛮正统的（笑）。

大概二十七八岁……不到三十岁的时候，人生告一段落的感受非常强。说告一段落有点傲慢，但那时我的确觉得生命已经完整活过一轮，就这样结束也不会有什么遗憾了。

那时的相貌也挺好看的。

不过那毕竟是三十岁之前，接下来还可以活个三十年、四十年。那时我想，现在的我年少气盛、涉世不深，不如到泥淖中打一次滚，再迎接这样的心境也不错。带着这个想法，人生又展开新的一页……现在的我，正是在泥中打滚的阶段，越来越面目可憎，而且会每况愈下吧。

拍摄印度最怕拍过了头。因为印度非常上镜，原地旋转三百六十度，同时按下三十六次快门，就会得到一个完整的图像故事。所以大家到印度拍的照片都差不多。拍过头，是说看到什么都拍是不行的。在印度，只有做"不拍什么"的减法思考，自己的观点才会出来。来自数大为美或信仰加法社会的人，大概很难产生"不拍也是一种表达"的观点。

达达主义或极简艺术，是在人们一次又一次想要从概念和意义的束缚中解放的过程中产生的。理性过度膨胀的时代一定会出现这样的东西，七十年代的摄影艺术中也存在这个现象。这就是"所见即所得"的纯写实风潮。人们曾经被这个听上去不错的说法迷惑了好一阵子。所谓摄影必定有一个被拍摄的对象，无论拍的是花还是尸体，都是它们对拍摄者或观者的牺牲。就像献祭品在祭司眼中有某种意义或概念一样，当拍摄者聚焦于一朵花或一具尸体时，其自身的观念与思想早已介入其中，所谓的纯写实根本不存在。

我的《逍遥游记》写在马粪纸上，听说让编辑吃了很多苦头。《印度放浪》和《西藏放浪》则是稿纸和马粪纸都有。马粪纸很能吸墨水，有一段时间我很喜欢用这种纸写东西。纸的材质和我写作的内容有相当的关系。在乎纸的质感，或许是我过去学画的影响。画作的题材或绘画对象的不同，不也是会影响画家对画布的选择吗？

《印度放浪》或《逍遥游记》这样的题材，没有比写在马粪纸上更合适的了。

《全东洋街道》因为有截稿时间，所以只好乖乖写在稿纸上。

如果你想在街上接触牛鬼蛇神，最理想的地方就是市场了。虽然不会出现在你眼前，但你知道身边随时有火球此起彼落、四下飞舞，地狱的蒸气不断往上冒，空气中飘浮着天国的花香，猪的精灵、羊的精灵、鱼的精灵、白菜的精灵、胡萝卜的精灵、生命的气息、死亡的气息……全都搅和在一起，总之是一个生机滚滚的地方。记得我曾经在《全东洋街道》中写道："有了市场，国家都可以不要。"市场的有趣之处在于它是一个通行治外法权的特殊空间，而超市是被人们规划管理的空间，它的出现封印了街道上的精灵和魑魅魍魉。

▷ 藤原先生的摄影确实有明确的拍摄对象，但总像是拍摄者眼里看到的和外在被摄体的叠影。您用的摄影设备和我们没有两样，但您是如何拍出那种照片的呢？不存在于这个世界的东西，是如何显影在您的取景器上面的？

这个问题有点难。虽然过去也不时有人提出类似的问题……打个比方，如果大多数照片都是以正片的角度呈现世界万象，那么我抓取的就是那个隐藏的、负片的世界，大概可以这么说吧。无论别人怎么问，我唯一能回答的就是：我只会这样拍。非要给出个说法，我想也不是不行。比方说使用三十五毫米相机拍照的时候，就会有用左眼还是右眼取景这么一个单纯而现实的问题。

一般来说，即使是职业摄影师，也不会在拍照时特别注意这一点，我却觉得左眼和右眼拍出来的东西很不一样。通常以右眼取景是主流，相机也是以此为前提设计出来的；用左眼取景，脸就会碰到卷片轴；而我从一开始就一直是用左眼取景的……

和左撇子、右撇子一样，人看东西时也习惯用两眼中特定的一只聚焦。我习惯用左眼，可左眼的视力又比较弱。我在印度的时候才发现，人左右两侧的生命力是不一样的，我是左边比较弱。我父亲今年九十二岁，体型、性格都和我一模一样；仔细观察，会明显觉得他是从左半边开始失去生命力的，各种机能都从左边逐渐衰退。看到他，我可以想见自己数十年后的模样。我就是用比较弱的左眼取景的，这已经成了我的习惯。用会先死去的左眼拍照，有时连我自己都觉得很有意思。

▶ 藤原先生拍照时想要追求什么样的氛围呢？

简单讲，就是黑暗吧。一般人都说因为有了光影，万物才会显形。我觉得这样还不够。捕捉呈现没有光影对比、近乎黑暗之处的作品，才最有存在感。

著作权合同登记图字：01-2017-2544

图书在版编目（CIP）数据

　　印度放浪 ／（日）藤原新也著 ；吴继文译． -- 北京：
新星出版社，2018.3
　　ISBN 978-7-5133-2976-7

　　Ⅰ．①印… Ⅱ．①藤… ②吴… Ⅲ．①随笔-作品集
-日本-现代 Ⅳ．① I313.65

　　中国版本图书馆 CIP 数据核字（2017）第 328492 号

印度放浪
（日）藤原新也 著
吴继文 译

责任编辑　汪　欣
特邀编辑　侯晓琼　烨　伊
装帧设计　朱　琳
内文制作　王春雪
责任印制　史广宜

出　　版　新星出版社 www.newstarpress.com
出 版 人　马汝军
社　　址　北京市西城区车公庄大街丙 3 号楼　　邮编 100044
　　　　　电话（010）88310888　　传真（010）65270449
发　　行　新经典发行有限公司
　　　　　电话（010）68423599　　邮箱 editor@readinglife.com
印　　刷　北京中科印刷有限公司
开　　本　800毫米×1120毫米　1/32
印　　张　7
字　　数　200千字
版　　次　2018年3月第1版
印　　次　2018年3月第1次印刷
书　　号　ISBN 978-7-5133-2976-7
定　　价　45.00元